# 묘사의 힘

**Show, Don't Tell:**
How to write vivid descriptions, handle backstory, and describe
your characters' emotions by Sandra Gerth

# 묘사의 힘

말하지 말고
보여주라

**샌드라 거스** 지음
**지여울** 옮김

SHOW, DON'T TELL

윌북

내 글이 작품이 되는 법

차례

# 서문

## 말하지 말고 보여주라

'말하지 말고 보여주라Show, don't tell'는 말은 아마도 글쓰기를 막 시작한 초보 작가들이 편집자와 글쓰기 교사에게 가장 많이 듣는 조언일 것이다. 이 긴요한 기술로 글의 수준을 한 단계 끌어올린 작가는 눈을 뗄 수 없는 장면들로 독자를 사로잡아 새벽 2시든 몇 시든 다음 날 일하러 나가야 하는 것도 잊고 계속해서 책장을 넘기게 한다.

하지만 수많은 작가들이 이 원칙을 제대로 이해하지 못하고 있으며, 실제로 작품에 적용하는 데 어려움을 겪는다. 심지어 이미 책을 몇 권 출간한 작가들조차 '보여주기'와 '말하기'의 섬세하고 미묘한 차이를 제대로 파악하지 못하는 경우가 적지 않다.

이렇게 말할 수 있는 이유는 내가 바로 그런 작가였기 때문이다. 몇 권의 책을 출간했을 무렵 나는 '보여주기'가 무엇인지 스스로 잘 알고 있다고 생각했다. 하지만 어느 순간 내가 알고 있는 것이 그저 겉핥기 수준밖에 되지 않는다는 사실을 깨달았다. 그 후, 내가 쓴 모든 소설과 내가 읽은 모든 글쓰기 책을 통해 나는 '말하지 말고 보여주라'는 원칙을 한층 깊게 이해할 수 있었고 이 원칙의 다양한 층위를 발견하게 되었다. 나는 편집자이자 글쓰기 멘토로서 초보 작가들에게 내가 습득한 '보여주기'와 '말하기' 원칙의 모든 것을 가르치려 노력한다. 하지만 내가 직접 가르칠 수 있는 작가의 수는 한정되어 있으며, 내가 편집할 수 있는 원고의 수 또한 그렇다. 그래서 나는 '말하지 말고 보여주라'는 원칙에 대한 책을 써야겠다고 결심했다. 다양한 수준의 글쓰기 기술을 지닌, 더 많은 작가들이 이 긴요한 원칙을 제대로 이해하고 그들의 작품에 적용할 수 있도록 돕기 위해서다.

이제 막 소설을 쓰기 시작한 초보 작가든, 이미 책을 출간한 경험이 있고 '보여주기'와 '말하기'의 기본 원칙을 이해하고 있는 작가든 이 책을 통해 다음과 같은 일을 할 수 있게 된다.

- '보여주기'와 '말하기'의 차이를 파악한다.
- 어째서 '보여주기'가 강력한 도구인지 그 이유를 이해한다.
- 자신이 쓰는 원고에서 '말하고' 있는 부분을 찾아낸다.
- 지루한 단락을 눈길을 사로잡는 장면으로 고쳐 쓴다.
- 이미 '보여준' 사실을 다시 '말하지' 않는다.

- ‘말하기’의 세 가지 위험 구역을 피한다.
- 흥미를 돋우는 방식으로 인물과 배경을 묘사한다.
- 글에 강렬한 감정을 불어넣는다.
- ‘말하기’에 의존하지 않으며 소설 안에 배경 정보를 엮어 넣는다.
- 대화에서 ‘말해주는’ 부분을 분간한다.
- 지나치게 많은 세부 사항으로 독자를 숨 막히게 하는 ‘지나친 보여주기’를 피한다.
- ‘말하기’가 언제 유용하게 쓰이는지 안다.
- 독자를 이야기에 몰입시키고 소설의 첫머리부터 끝머리까지 독자의 관심을 사로잡는다.

## 이 책을 가장 잘 활용하는 방법

글 쓰는 솜씨를 키우는 유일한 방법은 오직 글을 직접 써보는 것뿐이다. 그러므로 이 책에서는 구체적인 예를 제시하는 한편, 배운 것들을 직접 적용해볼 수 있는 연습 과제를 수록했다. 원한다면 지금 쓰고 있는 원고로 연습해도 좋다.

지금 쓰고 있는 원고 첫 장章을 인쇄하라. 공책 혹은 종이 몇 장, 그리고 펜과 형광펜을 준비한다. 이 책을 읽어나가면서 자신의 원고를 가지고 연습 과제를 수행하라. 연습 과제를 하다 보면 대부분의 경우 원고를 고쳐 써야만 할 것이다. 그 결과 이 책을 다 읽을 무렵에는 '말하지 않고 보여주는', 뛰어난 문장으로 가득한 소설 첫 장을 완성할 수 있다. 마찬가지로 나머지 원고에도 이 책을 통해 습득한 기술을 적용해볼 수 있다.

아직 자신의 원고를 가지고 연습하고 싶지 않거나 아직 완성된 초고가 없다면, 이 책 12장에 있는 스무 가지 연습 문제로 보여주기 기술을 연마할 수 있다.

덧붙여 말하자면 이 책에 소개한 예시 중 몇 가지는 내가 '재Jae'라는 필명으로 쓴 소설에서 발췌한 문장들이다(jae-fiction.com에서 볼 수 있다). 내 소설에서 예시를 발췌한 이유는 다른 작가들의 저작권을 침해하지 않기 위한, 순전히 법률적인 이유에서다. 또한 예시 중 몇 가지는 내가 편집했던 원고에 기반을 둔 문장으로, 무고한 이들에게 피해를 주지 않기 위해 내가 다시 고쳐 썼다.

행복하게 읽고, 행복하게 쓰길 바란다!

샌드라 거스

# 1장

# 정의

## '말하지 말고 보여주라'는 말의 의미

글을 쓰는 모든 작가들은 어느 단계에 이르면 '말하지 말고 보여주라'는 충고를 듣는다.

"그 소녀가 버릇없이 자란 아이라는 사실을 보여줘요. 말하지 말고요!"

"그가 낡고 황폐한 아파트 건물에 살고 있다는 사실을 보여줘요. 말하지 말고요!"

"그가 아버지에게 화가 났다는 사실을 보여줘요. 말하지 말고요!"

다들 훌륭한 조언인 것은 분명하다. 하지만 글쓰기 교사나 편집자조차 이 말이 무슨 의미인지 제대로 설명하지 못하는 경우가 많다.

그러므로 우리는 '보여주기'와 '말하기'가 무엇인지 정의를 내리는 일부터 시작하자.

- **말하기**는 여러분, 즉 작가가 단정내린 결론과 해석을 독자에게 전해주는 일이다. 독자가 스스로 생각할 수 있는

기회를 주지 않고 그들이 어떻게 생각해야 하는지 말해주는 일이다.

- **보여주기**는 독자에게 구체적이고 생동감 넘치는 세부 사항을 충분히 전달한 끝에 독자가 결론을 스스로 이끌어낼 수 있도록 하는 일이다.
- **말하기**는 사건이 있은 후 독자에게 그 사건에 대해 보고하는 일이다.
- **보여주기**는 독자가 인물의 오감을 통해 그 사건을 직접 경험하도록 만드는 일이다.
- **말하기**는 어떤 사고가 일어난 다음 날, 신문에서 그 사고에 대한 기사를 읽는 일과 같다.
- **보여주기**는 사고가 일어나는 순간 그 사고를 목격하고 날카로운 금속 마찰음과 다친 사람들의 비명을 직접 듣는 일과 같다.
- **말하기**는 과거에 일어났던 일을 요약하거나 어느 특정 시기에 국한되지 않는 일반적인 사실에 대해 설명하는 일이다.
- **보여주기**는 사건이 일어나는 동안 독자가 실시간으로 어떤 활동과 대화가 벌어지는 장면을 지켜보도록 만드는 일이다. 독자는 시점 인물의 경험에 깊이 동화한 채 소설 속

현재에 머물게 된다.

- **말하기**는 추상적이다.
- **보여주기**는 독자의 머릿속에 구체적이고 상세한 그림을 그려낸다.
- **말하기**는 사실을 전달한다.
- **보여주기**는 감정을 불러일으킨다.
- **말하기**는 서술적 요약이라고도 불린다.
- **보여주기**는 극적 각색이다.
- **말하기**는 독자가 이야기 속 사건과 인물에게 거리를 두게 하며 정보를 수동적으로 받아들이게 만든다.
- **보여주기**는 독자를 이야기 안으로 끌어들여 능동적인 참여자로 만든다.

자, 앞에서 나는 '말하기'와 '보여주기'의 차이를 '말했다'. 이제 예를 통해 그 차이를 '보여주도록' 하겠다.

티나는 화가 났다.

이것은 '말하기'다. 작가가 독자에게 결론을 전달하고 있다.

> 티나는 문을 박살낼 듯한 기세로 닫더니 발을 쿵쾅거리며 주방으로 들어왔다. "도대체 무슨 생각이었던 거야?"

이것이 '보여주기'다. 여기서는 독자에게 인물의 구체적인 행동과 대화를 전달하면서 저자가 굳이 사실을 짚어 말하지 않고도 독자 스스로 티나가 화났다는 결론을 이끌어내도록 만든다.

## 연습 #1

공책 혹은 종이 한 장을 준비한 다음 '티나는 화가 났다'는 문장을 '보여주는' 글로 고쳐 써보자. 티나의 감정을 꼭 짚어 명시하지 않으면서 어떻게 독자에게 그 사실을 보여줄 수 있을까? 티나의 분노를 보여주기 위해 인물의 행동과 몸짓언어, 대화를 활용하라.

2장

# '보여주기'의 중요성

## '보여주기'가 '말하기'보다 대체로 더 좋은 방법인 이유

'말하기'가 항상 안 좋은 방법인 것은 아니다. 뒤에서 살펴보겠지만 '말하기' 또한 분명히 나름의 쓰임이 있다. 하지만 대부분의 경우 여러분은 '보여주고' 싶을 것이다.

왜일까?

우리가 왜 소설을 읽는지 생각해보자. 논픽션을 읽는 독자와 달리 소설을 읽는 독자는 정보를 얻기 위해 책을 읽지 않는다. 소설 독자들은 재미를 느끼기 위해, 그리고 또 다른 세상으로 도피하기 위해 책을 읽는다.

같은 원리를 영화(다큐멘터리 영화가 아닌)를 보고 싶은 이들에게도 적용할 수 있다. 여러분이 영화관 관람석에 앉아 영화가 시작하길 기다리고 있다고 상상해보자. 그런데 영화는 나오지 않고 옆에 앉은 어떤 사람이 영화에 나오는 재미있는 부분을 몽땅 말해버리는 것이 아닌가. 그런 일을 당하면 장담컨대 그리 기분이 좋지 않을 것이다. 여러분은 영화에서 일어나는 일에 대해 이야기를 듣고 싶은 것이 아니다. 직접 영화를 보면서 그 세계에 푹 빠져 현실 세상을 잠시 잊고 싶은 것이다. 여러분의 책을 읽는 독자의 심정도 마찬가지다. 독자는 소설 속 이야기를 직접 경험하며 인물의 고난 가득한 여정을 함께하고 싶어 한다. 그리고 이 목표는 '말하기'가 아닌, 오직 '보여주기'를 통해서만 달성할 수 있다.

'말하기'로는 독자의 마음에 어떤 심상을 불러일으킬 수 없다. '말하기'는 독자를 위해 정보를 통역해주는 일로, 독자가 스스로 이야기 속 세계에 대해 생각하고 그 세계를 발견할 기회를 박탈한다.

'보여주기'는 독자가 이야기 속 세계에 적극적으로 참여할 수 있도록 한다. 독자는 계속해서 자신이 읽는 내용에 대해 생각하고, 그저 제시된 결론을 수동적으로 받아들이는 대신 무슨 일이 벌어지고 있는지 끊임없이 해석해야만 한다. 적극적으로 질문을 던지면서 해답을 찾고 싶은 마음으로 책을 읽기 때문에 독자는 이야기 속 세계에 사로잡힌 채 계속해서 책장을 넘기게 된다.

그러므로 독자를 이야기에 완전히 몰입시키기 위해서는, 그리고 그들이 주인공과 소설 속 사건을 함께 경험해나가게 만들기 위해서는, 여러분은 '보여주기' 기술을 자유자재로 구사할 수 있어야 한다.

# 3장

# '말하기'의 아홉 가지 빨간 깃발

## 작가가 '말하는' 부분을 찾아내는 법

이제 '말하기'가 무엇인지 알았다. 하지만 '말하기'에 대해 이미 알고 있음에도 불구하고 '말하는' 문장들이 여러분의 원고에 몰래 숨어들었을 경우에는 이를 포착하기가 여전히 어려울 수 있다. 이 장에서는 여러분의 원고 어느 부분이 '말하는' 곳인지 알려주는 아홉 가지 빨간 깃발에 대해 설명한다.

'말하는' 부분을 포착하기 위해서는 여러분이 쓴 문장을 하나씩 주의 깊게 읽어야 한다. 여기에서 설명하는 '말하기'를 나타내는 빨간 깃발이 등장하는 부분을 눈여겨 살핀다.

### 1. 결론

독자에게 결론을 제시한다면 '말하고' 있다는 뜻이다. '보여주기' 위해서는 독자에게 충분한 '근거'를 제공하여 독자가 스스로 결론을 이끌어낼 수 있도록 해야 한다.

**말하기** 그가 일부러 싸움을 걸려는 것이 명백했다.

보다시피 이는 결론이다. 그가 일부러 싸움을 걸려고 한다는 사실을 독자에게 어떻게 '보여줄' 수 있을지 생각해보자.

> **보여주기** "지금 뭐라고 했어?" 그는 을러대며 존의 코앞에 자신의 얼굴을 들이댔다.

'보여주기'에서는 독자에게 인물의 행동과 몸짓언어, 표정, 대화를 묘사한다. 그러면 작가가 인물의 상태를 굳이 명시하지 않아도 독자는 그가 일부러 싸움을 걸려고 한다는 결론을 내릴 수 있다.

### 2. 추상적 표현

추상적이고 막연한 표현을 사용한다면 지금 '말하고' 있다는 뜻이다. 여러분이 쓴 문장을 하나씩 살펴보자. 무슨 일이 벌어지고 있는지 머릿속에서 그림이 그려지는가? 그 장면을 영화로 찍을 수 있는가? 〈스타 트렉〉을 아는 사람이라면 이렇게 묻는 편이 좋을지도 모르겠다. 그 장면을 홀로덱홀로그램으로 가상현실을 체험할 수 있는 방-옮긴이에서 체험할 수 있는가? 체험할 수 없다면 '말하고' 있다는 뜻이다.

**말하기** 여자는 남자의 생체반응을 확인했다.

이 상황에서 '생체반응'이란 정확하게 무엇을 의미하는가? 여자는 이를 확인하기 위해 어떤 행동을 했는가? 이렇게 막연한 표현만으로는 머릿속에서 장면을 그릴 수 없다.

**보여주기** 여자는 몸을 구부려 그의 목에 두 손가락을 갖다 댔다. 가냘픈 맥박이 여자의 손끝에서 뛰었다.

### 3. 요약

무슨 일이 일어났는지 요약해서 설명한다면 '말하고' 있다는 뜻이다. 이따금 나는 장면을 통해 이야기를 '보여주는' 대신 마치 시놉시스처럼 모든 사건을 요약해 놓은 듯한 원고를 마주한다. 실제로 시놉시스를 쓰고 있다면 그래도 좋을 테지만 소설을 쓸 때는 그래서는 안 된다. 독자는 그저 무슨 사건이 벌어졌는지 대략적으로 알고 싶어 하는 것이 아니라, 구체적인 상황을 보고 싶어 한다.

**말하기** 나는 방수포가 덮여 있는 트럭 짐칸에서 시체를 발견했다.

미스터리 소설의 한 장면 혹은 감정이 한껏 고조된 장면에서 주인공이 시체를 발견하는 대목이라면 독자는 서스펜스 가득한 순간을 경험하고 싶어 한다. "시체를 발견했다"라는 표현만으로는 독자의 머릿속에 심상을 불러일으키기에 부족하다.

**보여주기** 나는 트럭 짐칸에 올라 방수포를 젖혔다. 메스껍고 달큼한 악취가 풍겨오는 바람에 비틀거리며 뒷걸음쳤다. 초점을 잃은 눈동자가 나를 빤히 올려다보고 있었다. 나는 손으로 입을 막고 비명을 삼켰다.

지금 여러분이 행동을 구체적으로 '보여주고' 있는지, 요약해서 '말하고' 있는지 확신이 서지 않을 때는 인물이 하는 행동을 직접 따라해보라. 따라할 수 없다면 '말하고' 있다는 뜻이다. 알아차렸을지 모르지만 앞의 예시에서는 시각뿐만 아니라 냄새와 소리(삼킨 비명을 소리로 친다면)의 감각을 활용하고 있다.

**말하기** 개가 공격했다. 여자는 자신을 방어했다.

정확하게 개가 어떤 행동을 했는가? 뛰어올랐는가? 물었는가? 으르렁거렸는가? 그리고 여자는 정확하게 어떤 식으로 자신을 방어했는가? 개를 걷어찼는가? 몸을 숨겼는가?

**보여주기** 개가 송곳니를 드러내며 뛰어올랐다. 여자는 목덜미를 보호하기 위해 팔을 들었다.

### 4. 인물 배경

지금 이 순간이 아닌, 과거에 일어난 사건을 보고한다면 '말하고' 있다는 뜻이다. 중요한 장면이라면 몇 분 전에 무슨 일이 있었는지 요약해서 설명하는 대신, 무슨 일이 벌어지고 있는지 실시간으로 일어나는 일을 '보여주는' 게 좋다. 과거에 일어났던 일을 단순히 보고하고 있는 건 아닌지 알 수 있는 손쉬운 방법은 대과거 시제의 사용 여부다(아래의 예시에서 '보았었다'가 바로 대과거다). 인물의 배경 정보를 지나치게 많이 설명하고 있진 않은지 확인하기 위해서, 사용하는 문서 프로그램의 검색 기능을 이용해 '있었' 혹은 '았었'을 입력하고 대과거 시제를 사용하는 단락을 찾으라. 그 장면을 과거 시제로 고칠 수 있는지 검토하라.

**말하기** 차에 시동이 걸리는지 시험해보았었다. 시동은 걸리지 않았다.

**보여주기** 나는 키 박스에 열쇠를 꽂고 돌려보았다. 엔진에서 끽끽거리는 소리가 들렸다. 나는 운전대를 주먹으로 내리쳤다. "빌어먹을!"

### 5. 부사

부사를 사용한다면 대부분의 경우 '말하고' 있다는 뜻이다. 가능한 한 부사를 빼버리자. 어떤 문장은 부사가 없어도 괜찮다. 부사를 뺐는데 어색하다면 문장을 다시 쓰는 편이 좋다. 부사와 힘이 약한 동사의 조합이라면 부사가 필요 없는 힘이 강한 동사 하나로 바꾸자. 물론 글에서 부사를 전부 뺄 수는 없을 테지만 가능한 한 아껴 쓰도록 하자.

**말하기** 개가 꼬리를 다리 사이로 말고 불안스레 낑낑거렸다.

**보여주기** 개가 꼬리를 다리 사이로 말고 낑낑거렸다.

개의 태도와 낑낑거림 자체가 불안해한다는 사실을 '보여주고' 있으므로 굳이 부사를 덧붙일 필요가 없다.

**말하기** "나한테 거짓말하지 마." 그는 격분하여 소리를 질렀다.

**보여주기** "젠장, 나한테 거짓말하지 마." 그는 손바닥으로 탁자를 내리쳤다.

그의 단어 선택과 행동은 굳이 명시하지 않고도 그가 격분했다는 사실을 보여준다.

**말하기** 티나는 거리를 천천히 걸어갔다.

**보여주기** 티나는 거리를 어슬렁거렸다.

"천천히"라는 부사는 독자에게 티나가 어떻게 걸었는지 '말해준다'. "어슬렁거렸다"라는 표현은 그 사실을 '보여준다'.

### 6. 형용사

부사와 마찬가지로 형용사 또한 '말하기'가 될 수 있다. 특히 '흥미로운' 혹은 '아름다운' 같은 추상적 형태의 형용사가 그렇다.

> **말하기** 나는 두려운 마음이었다.
>
> **보여주기** 맙소사, 맙소사, 맙소사. 계단을 따라 내려가는 동안 다리가 후들거렸다.

### 7. 서술격 조사나 수동적인 동사

일부 명사, 형용사, 부사 뒤에 '~이다', '~였다' 형태로 붙어서 서술어 자격을 가지게 하는 서술격 조사는 대체로 인물의 행동이나 상태를 '말해준다'. 또 '느꼈다', '듯했다', '보였다'처럼 수동적이고 힘이 약하며 정적인 동사는 행동을 제대로 보여주지 못한다. 이런 힘이 약하고 수동적인 동사나 서술격 조사가 사용된 문장은 다시 한번 확인해보자. 대개의 경우 한층 능동적인 동사로 바꿀 수 있다.

**말하기** 티나는 추위를 '느꼈다'.

**보여주기** 티나는 곱은 손가락을 덥히기 위해 손에 입김을 불어넣었다.

**말하기** 티나는 피곤함을 '느꼈다'.

**보여주기** 티나는 눈을 비볐다.

**말하기** 티나는 감탄한 듯 '보였다'.

**보여주기** 티나의 눈이 크게 떠지며 입이 "와아!"하는 듯이 벌어졌다.

**말하기** 티나는 울음을 터트릴 것처럼 '보였다'.

**보여주기** 티나의 아랫입술이 떨리기 시작했다.

**말하기** 티나의 노래 솜씨가 '제법이다'.

**보여주기** 티나가 노래를 부르자 하나둘씩 홀린듯 무대 앞으로 다가왔다.

### 8. 감정을 표현하는 단어

감정에 이름을 붙인다면 '말하고' 있다는 뜻이다. '아연하다', '분하다' 같은 형용사와 '놀라움', '혼란' 같은 명사를 경계하라. 여러분이 자주 쓰는 감정 언어 목록을 만들어 놓아도 좋다. 글을 고쳐 쓸 때 그 단어를 찾아 고치도록 하자.

감정에 이름을 붙이는 대신 인물의 행동과 생각, 본능적인 반응, 몸짓언어를 이용하여 인물이 느끼는 감정을 '보여주자'. 특히 감정을 드러내야 하는 장에서는 이 방법을 한껏 활용하라.

**말하기** 존이 떠나자 베티와 티나는 안도했다.

**보여주기** 존이 나가고 문이 닫히는 순간 베티는 이마를 닦았고 티나는 참고 있던 숨을 내쉬었다.

가끔은 감정에 이름을 붙이는 것이 효과를 발휘할 때가 있다. 감정 언어를 문장의 주어로 삼고 이를 힘이 강한 동사와 짝지어주는 경우다. 하지만 이 기술은 아껴 써야 한다. 너무 자주 쓰면 독자 눈에는 그 표현만 보이게 될 것이다.

공포심이 마치 야생 동물처럼 그를 할퀴었다.

**9. 상태를 인지하는 동사**

인물이 무엇을 인지하거나 생각하는 행위를 표현하는 동사, 즉 '보았다', '냄새를 맡았다', '들었다', '느꼈다', '지켜보았다', '알아차렸다', '깨달았다', '생각했다', '알았다' 같은 동사를 사용하면 작가가 독자에게 인물을 대변해주기 때문에 독자는 인물의 감각과 인지를 직접 경험할 수 없게 된다. 그 결과 독자는 인물의 머릿속에 들어가 인물과 함께 그 사건을 경험하는 대신 강제로 인물 바깥으로 나와 인물을 지켜보게 된다. 그러므로 '그는 깨달았다', '그는 보았다' 같은 표현을 빼고 그가 깨달은 것, 그가 들은 소리에 대해서만 문장을 구성하라.

**말하기** 티나는 베티가 숨을 들이키는 소리를 들었다.
**보여주기** 베티는 숨을 들이켰다.

**말하기** 티나는 열쇠를 잃어버렸다는 것을 깨달았다.
**보여주기** 티나는 주머니를 뒤졌다. 아무것도 없었다. 이런, 열쇠가 어디 갔지?

독자는 '티나가 깨달았다'는 사실을 작가가 굳이 말해주지 않아도 직접 목격하게 된다.

## 글 고치기 요령

여러분이 사용하고 있는 문서 프로그램의 검색 기능을 활용하면 앞에서 설명한 '말하기'를 나타내는 빨간 깃발들을 찾아 고쳐 쓸 수 있다.

- 부사를 찾아내기 위해 '~이', '~히' 같은 부사 파생 접미사를 검색한다. 혹은 여러분이 지나치게 많이 쓰는 부사를 이미 알고 있다면(예를 들어 '빨리', '조용히', '서서히' 등) 검색창에 해당 단어를 검색한다.
- 또한 검색 기능을 이용해 '생각했다', '깨달았다', '들었다' 같은 상태를 인지하는 동사를 찾아낼 수 있다.
- 감정 언어를 찾기 위해서는 이를테면 '분하다'의 '분하게', '분해서'처럼 그 단어의 활용형을 모두 검색한다.
- 또한 '느꼈다', '~였다', '보였다' 같은 수동적이고 힘이 약한 동사를 검색한다.

이 깃발들을 찾았다면 앞에서 설명한 요령과 예시를 지침 삼아 '말하기'를 '보여주기'로 고쳐 쓴다.

## 연습 #2

❶ 지금 쓰고 있는 작품 첫 장을 인쇄해서 한 문장씩 찬찬히 읽는다. '말하는' 부분인 빨간 깃발을 찾아낼 수 있는가? 묘사한 모든 장면을 머릿속에서 그림으로 그릴 수 있는가? 그럴 수 없다면, 예를 들어 추상적인 표현을 사용한 곳이 있는지 찾아보자.

❷ 컴퓨터나 노트북으로 글을 쓰고 있다면 문서 프로그램의 검색 기능을 활용하여 이 장에서 설명한 부사, 감정 언어, 수동적이고 상태를 인지하는 동사 같은 빨간 깃발을 찾으라. 종이에 펜으로 글을 쓰고 있다면 그 장면에 나오는 부사나 형용사, 힘이 약한 동사, 감정 언어를 모두 찾으라.

❸ 대과거 시제를 사용한 곳이 있는가? 대과거 시제는 과거에 일어난 일에 대해 독자에게 '말해주는' 빨간 깃발이 될 수 있다.

❹ 첫 장면에서 찾을 수 있는 '말하는' 부분을 전부 형광펜으로 표시한다.

4장

# ‘보여주기’의 기술

## ‘말해주는’ 글을 ‘보여주는’ 글로 고쳐 쓰는 법

자, 이제 우리는 '보여주기'가 무엇인지, 왜 우리가 이 방법을 사용해야 하는지, 그리고 어떻게 '말하는' 부분을 찾아낼 수 있는지 배웠다. 그럼 이제 어떻게 '보여줄' 수 있는지 그 방법을 알아볼 차례다. 여기에서는 '보여주는' 글을 쓰는 아홉 가지 요령을 설명한다.

### 1. 오감을 활용하라

'보여주기'란 독자가 인물의 시점을 따라가며 이야기 세계를 경험하게 하는 일이다. 그러기 위해서는 단순히 시각뿐만 아니라 독자의 모든 감각을 사로잡으려고 노력해야 한다. 모든 장면에서 자신을 시점 인물이라 생각하고 그 인물이 보고, 듣고, 냄새 맡고, 맛보고, 느끼는 것을 묘사하라.

> 나는 자동차의 열린 창문 밖으로 얼굴을 내밀고 신선한 소나무 냄새를 들이마셨다. 찬 공기를 맞아 뺨이 달아오르고 눈물이 배어 나왔다.

## 2. 힘이 강하고 역동적인 동사를 사용하라

힘이 약하고 정적인 동사 대신 힘이 강하고 역동적인 동사를 사용하여 글에 생동감을 불어넣으라. 이를테면 '그는 걸었다'라고 쓰는 대신 '그는 거닐었다', '그는 어슬렁거렸다', '그는 발을 굴렀다', '그는 터벅거렸다' 같은 동사를 사용하여 그가 구체적으로 어떻게 움직였는지 보여주라. 힘이 약한 동사 표현을 경계하라. 일반적으로 '이다'와 '있다'의 모든 활용형(지나치게 자주 쓰이는 '있었다'를 포함하여)이 여기에 속한다. 힘이 약한 동사 대신 독자가 머릿속에 분명한 이미지를 그릴 수 있도록 힘이 강한 동사를 사용하라.

**말하기** 비쩍 마른 한 남자가 너무 커보이는 외투를 입고 있었다.

**보여주기** 외투가 남자의 몸에 헐겁게 늘어졌다.

또한 글의 힘을 약화시킬 수 있는 동사로 '~하기 시작했다'가 있다.

**말하기** 여자는 몸을 떨기 시작했다.

**힘이 없는 동사를 빼고 고쳐 쓰기** 여자는 몸을 떨었다.

**좀 더 구체적으로 고쳐 쓰기** 미세한 떨림이 여자의 몸을 훑고 지나갔다.

하지만 너무 지나치지 않도록 주의하라. 가끔은 인물이 발을 구르거나 거닐거나 어슬렁거리면서 시선을 끄는 대신 그저 방을 가로질러야 할 때가 있다. 별로 중요하지 않은 행동에는 힘이 약한 동사를 써도 괜찮다. 하지만 서스펜스와 긴장감을 쌓아올리고 싶은 장면에서는 힘이 강한 동사를 이용하여 인물이 걸을 때 어떤 느낌인지 보여주라.

### 3. 구체적인 명사를 사용하라

포괄적인 표현보다는 가능한 한 구체적인 표현을 사용하라. 이 원칙은 동사뿐만 아니라 명사에도 적용된다. 여러분이 원하는 그림을 독자가 머릿속에 떠올릴 수 있도록 구체적인 명사를 사용하라. 인물에게 그저 아침 식사를 하게 하는 대신 그가 베이컨과 달걀을 먹는 모습을 보여주라. 주인공이 개를 키운다는 사실을 말하는 대신 침을 질질 흘리고 있는 그레이트데인을 보여주라.

**말하기** 티나는 큰 집에서 살았다.

**보여주기** 티나가 저택 안으로 들어서자 현관홀에 발소리가 울려 퍼졌다.

### 4. 인물의 행동을 작게 쪼개라

한층 구체적으로 글을 쓰는 한 가지 방법으로, 포괄적인 행동을 좀 더 작은 행동으로 쪼개는 방법이 있다. 주인공이 청소를 했다고 '말하는' 대신 주인공이 진공청소기를 돌리다가 소파 아래에서 양말을 찾고는 얼굴을 찌푸리는 장면을 '보여주라'.

하지만 너무 지나치지 않도록 주의하라. 별로 중요하지 않은 행동일 경우 포괄적인 표현으로 요약해도 좋다. 하지만 인물의 성미가 얼마나 까다로운지 같은, 인물 성격이 드러나는 행동이나 플롯을 이끄는 역할을 하는 행동이라면, 작은 부분으로 쪼개어 묘사하는 편이 좋다. 만약 아들의 침대 밑에서 양말이 아니라 마약을 발견하는 장면이라면 그저 '그는 청소를 하고 있었다'라고 '말하는' 대신 그의 행동을 구체적으로 '보여주는' 수고를 들일 가치가 있다.

**5. 비유를 사용하라**

독자의 머릿속에 심상을 불러일으키고, 여러분의 글에 생동감을 불어넣는 한 가지 방법은 직유와 은유 같은 비유적인 표현을 사용하는 것이다. 직유란 조사 '~같은', '~처럼'을 사용해 두 가지 사물을 나란히 놓고 표현하는 비유법으로 '그의 머리카락은 황금처럼 빛났다' 같은 표현을 가리킨다. 은유는 두 가지 사물을 직접적으로 연결하여 표현하는 비유법으로 '그의 눈은 바다다' 같은 표현을 가리킨다.

말하기 베티는 손바닥이 거칠었다.

보여주기 베티의 손바닥은 마치 사포 같았다.

가장 뛰어난 은유와 직유는 언제나 인물의 배경에서 나온다. 예를 들어 베티의 손바닥이 마치 사포 같았다고 생각하는 인물이라면 분명히 사포를 만져본 경험이 있을 것이다. 어쩌면 그 인물은 나무 공예를 하는 예술가이거나 목수일지도 모른다. 그런 경험이 없는 인물이라면 다른 식의 비유를 사용할 것이다.

하지만 여기에서도 역시 지나치지 않도록 주의하라. 은유와 직유를 과도하게 사용하는 경우 글이 과시적이고 장황해 보인다. 또한 은유와 직유는 상투적인 표현에 머물기 쉬우므로 머릿속에 가장 먼저 떠오른 표현은 사용하지 않도록 주의하라.

**6. 실시간으로 활동을 보여주라**

어떤 장면을 쓸 때, 그 장면의 활동이 실시간으로 펼쳐지도록 쓰라. 이미 일어난 사건을 요약하는 대신 독자들이 지금 이 순간 시시각각 벌어지고 있는 활동을 목격하도록 만들라. 앞서 말했듯이 장면이 실시간으로 펼쳐지고 있지 않다는 사실을 알려주는 빨간 깃발은 '그는 갔었었다' 같은 대과거 시제를 사용하는 경우다.

물론 모든 사건을 일일이 실시간으로 보여줄 필요는 없다. 그렇게 하면 여러분의 소설은 무의미한 행동으로 가득해서 마치 원고를 억지로 늘리려고 노력한 것처럼 보일 것이다. 12장에서 다시 살펴보겠지만 '말하기'는 별로 중요하지 않은 부분을 압축하여 표현하는 데 유용한 수단이다. 다만 플롯을 앞으로 이끌어나가는 장면, 인물에 대해 무언가가 밝혀지는 중요한 장면이라면 독자에게 '보여주어야만' 한다.

### 7. 대화를 사용하라

실시간으로 벌어지는 활동을 '보여줄' 수 있는 한 가지 방법으로 대화가 있다. 대화는 제대로 쓰기만 한다면 항상 독자에게 '보여주는' 글이 될 수 있다. 대화에서의 '보여주기'와 '말하기'에 대해서는 뒤에서 다시 다룬다.

**말하기** 그는 시시덕거리기를 좋아한다.

**보여주기** "저기 있잖아요." 그가 말꼬리를 잡아끌었다. "지금 막 여기 경치가 아주 볼만해졌거든요."

### 8. 내적 독백을 사용하라

시점 인물이 어떤 생각을 하는지 '보여주는' 일 또한 인물의 감정에 이름을 붙이지 않으면서 감정을 드러내는 한 가지 방법이 될 수 있다.

**말하기** 근무 시간이 끝났을 때 나는 안도했다.

**보여주기** 마침내 종이 울리며 근무 시간이 끝났음을 알렸다. 하느님, 감사합니다.

### 9. 인물의 행동과 반응에 초점을 맞추라

'행동은 말보다 더 크게 말한다'는 표현을 들어본 적 있을 것이다. 독자에게 어떤 인물이 심술궂고 못된 여자라고 '말하는' 것만으로는 독자가 그 사실을 납득하기 어려울 수도 있다. 반면 여자가 강아지를 걷어차는 모습을 '보여준다면' 독자는 바로 그 순간 못된 사람이라고 확신하게 될 것이다.

인물의 성격을 독자에게 '말해주는' 대신 인물의 행동을 통해 독자들이 그 인물을 알아가도록 하라. 인물이 이야기 속에서 벌어지는 사건에 대해 어떻게 행동하고 반응하는지 독자가 직접 목격하게 만들라. 그의 행동이 성격을 '보여줄' 것이다. '말하기'는 인물을 수동적인 대상에 머물게 한다. '보여주기'는 행동을 통해 인물의 성격을 드러낸다.

> **말하기** 티나는 의리 있는 친구다. 지인이나 가족에게 도움이 필요하면 티나는 언제나 도움의 손길을 내밀었다.

이 문장은 소설의 한 장면이라기보다는 내가 새로운 소설을 쓰기 전에 써두는 인물 소묘에 가깝다. 이 문장에서는 티나의 행동을 통해 독자가 그를 알아가도록 하는 대신 티나가 어떤 사람인지 직접 '말해주고' 있다.

> **보여주기** "자, 기운 내." 티나가 그의 어깨를 토닥였다. "가구 조립이 어려우면 얼마나 어렵겠어? 백짓장도 맞들면 낫다는 말이 있잖아." 티나는 드라이버를 집어 들었다.
>
> **말하기** 제이크는 늘 조심성 없고 행동이 다소 거칠었다.
>
> **보여주기** 제이크가 소금병을 집으려고 팔을 뻗는 순간 그만 와인 잔을 넘어뜨리고 말았다.

## 연습 #3

지금 쓰고 있는 소설 원고 첫 번째 장면을 다시 살펴보자. 인물의 오감을 활용하여 인물이 보고, 듣고, 냄새 맡고, 맛을 보고, 촉감을 느끼는 것을 묘사할 수 있는 부분이 있는가? 생생하고 감각적인 묘사를 몇 문장 덧붙여 독자를 이야기 속 세계로 한층 확실하게 끌어들이라.

## 연습 #4

원고 첫 장면에 힘이 약하고 정적인 동사를 사용한 곳이 있는가? '~였다'와 '있었다'가 너무 자주 나오지 않는가? 예를 들어 인물이 '터벅거리는' 대신 '천천히 걷는' 부분이 있는가? '질주하는' 대신 '달리는' 부분이 있는가? 힘이 약한 동사를 한층 힘이 강한 동사로 바꿀 수 있는지 고민하라.

## 연습 #5

지금 쓰고 있는 소설 원고 첫 장을 들여다보자. 인물의 성격이 명시된 부분이 있는가? '티나는 (의리 있는 친구)였다' 혹은 '티나는(남의 험담을 하는 것을) 좋아했다' 같은 표현이 있는지 살펴보자. 독자에게 인물에 대해 '말해주는' 부분이 있다면 행동을 통해 인물의 성격을 '보여줄' 수 있도록 장면을 고쳐 쓰라.

# 5장

# 불필요한 반복 피하기

## 이미 '보여준' 내용을 다시 '말하는' 실수를 방지하는 법

내가 편집하는 원고에서 자주 눈에 띄는 또 다른 실수는 작가가 어떤 내용을 '보여준' 다음 같은 내용을 되풀이하여 '말하는' 것이다. 작가들은 이따금 어떤 내용을 훌륭하게 '보여준' 후에 그다음으로 넘어가지 않고 독자가 분명하게 이해했는지 확인하려는 듯 '말하기'를 덧붙인다.

> 베티는 자신의 팔을 움켜쥔 손을 내려다보았다. 이글거리는 눈빛에서 분노가 타올랐다.

"이글거리는 눈빛"에서는 베티의 분노를 '보여주고' 있으며, "분노가 타올랐다"는 표현에서는 베티가 분노했다는 사실을 '말하고' 있다. '말하는' 부분을 지워버리자. '말하는' 부분 없이는 인물의 감정이 충분히 드러나지 않는다는 생각이 든다면 감정을 좀 더 분명하게 '보여줄' 수 있는 방식으로 문장을 고쳐 쓰라.

> **고쳐 쓰기** 베티는 자신의 팔을 움켜쥔 손을 이글거리는 눈빛으로 내려다보았다.
>
> **고쳐 쓰기** 베티는 자신의 팔을 움켜쥔 손을 노려보았다.

**고쳐 쓰기** 베티가 눈살을 찌푸렸다. "그게 좋은 생각인지 나는 잘 모르겠어." 납득이 가지 않는다는 표정이 확연했다.

베티의 표정과 말만으로 그가 납득하지 못했다는 사실을 '보여주고' 있으므로 굳이 마지막 문장을 덧붙일 필요는 없다. 이미 '보여준' 부분을 다시 '말하지' 않도록 주의하라. 여러분의 보여주기 기술과 독자를 신뢰하라. 독자는 '보여주는' 부분만으로도 여러분이 전하고 싶은 바를 충분히 이해할 수 있다.

**고쳐 쓰기** 베티가 눈살을 찌푸렸다. "그게 좋은 생각인지 나는 잘 모르겠어."

## 연습 #6

쓰고 있는 원고 첫 번째 장면을 다시 한번 살펴보자. 이미 '보여준' 사실을 되풀이하여 '말하고' 있는 곳이 있는가? 그렇다면 '보여주는' 부분만 남기고 '말해주는' 부분을 지우라.

6장

# ‘말하기’를 조심해야 하는 위험 구역 1

## 인물 배경을 다루는 법

내가 가장 좋아하는 글쓰기 책 중 하나인 『스타인의 글쓰기 Stein on Writing』에서 솔 스타인Sol Stein은 '말하기'의 세 가지 위험 구역에 대해 언급한다. 여기에 나는 한 가지를 덧붙이려 한다.

1. 이야기가 시작되기 전에 일어난 사건에 대해 독자에게 말하기(인물 배경)
2. 겉으로 보이는 인물의 모습에 대해 독자에게 말하기(인물 묘사)
3. 인물이 감각을 통해 경험하는 것에 대해 독자에게 말하기(배경 묘사)
4. 인물이 느끼는 감정에 대해 독자에게 말하기(감정)

나는 앞으로 몇 장에 걸쳐 각각의 위험 구역에 대해 다룰 예정이다. 우선 인물 배경부터 이야기를 시작해보자. 내 경험에 따르면 작가들이 가장 해결하기 어려워하는 위험 구역이 바로 인물 배경이다.

## 인물 배경의 정의

인물 배경이란, 책의 첫 페이지 이전에 일어난 모든 사건을 아울러 가리킨다. 이를테면 인물이 어린 시절이나 과거 인간관계 속에서 겪었던 사건이다. 인물 배경이 중요한 이유는 현재의 인물을 형성하는 기반이 되기 때문이며 이야기 안에서 일어나는 사건에 인물이 어떻게 반응하는지를 결정하기 때문이다.

## 인물 배경의 문제

그렇다면 인물 배경의 어떤 점이 문제가 되는가?

- **인물 배경을 지나치게 일찍 밝히는 경우 이야기의 서스펜스를 망친다.** 이야기를 인 메디아 레스in media res, 즉 사건의 한복판에서 시작하라. 독자를 이야기 한복판에 던져 넣고 인물이 어쩌다 이런 상황에 처하게 되었는지 궁금하게 만들라. 답이 밝혀지지 않은 의문은 좋은 것이다. 그 답을 찾기 위해 독자는 계속해서 책장을 넘길 것이기 때

문이다. 독자에게 모든 정보를 다 제공해버리면 독자들은 계속 책을 읽어나갈 이유를 잃고 싫증을 내게 될 것이다.

- **인물 배경은 이야기가 아니다**. 독자는 이미 오래 전에 끝난 사건에 대해 듣는 것보다 지금 당장 무슨 일이 벌어지고 있는지 알고 싶어 한다.
- **종종 인물 배경은 지나치게 이른 시기에, 한꺼번에 밝혀지는 경우가 많다**. 나는 첫 장부터 인물이 자리를 잡고 앉아 자신의 과거에 대해 회상하는 장면이 나오는 원고를 자주 본다. 소설의 첫 장은 인물의 배경을 밝히는 데 적합하지 않다. 독자가 아직 인물들과 정서적으로 교감하지 못했기 때문이다. 인물이 과거에 무슨 일을 겪었는지 독자가 관심을 쏟게 하기 위해서는 우선은 현재 벌어지고 있는 사건에 독자를 붙잡아둘 필요가 있다.
- **인물 배경에 대한 설명은 이야기의 속도를 늦춘다**. 과거의 정보를 늘어놓다 보면 이야기가 앞으로 나아가는 기세가 꺾인다.

## 인물 배경을 드러내는 법

자, 이제 인물 배경이 초래할 수 있는 문제를 파악했다. 그럼 어떻게 이 문제를 피하며 인물 배경을 제대로 풀어낼 수 있는가?

- **답이 밝혀지지 않은 의문을 두려워하지 마라.** 인물이 어떤 특정한 방식으로 행동하는 이유를 그 즉시 독자에게 밝힐 필요는 없다. 답을 제시하는 일을 뒤로 미루고 독자의 마음에서 궁금증이 피어오르도록 만들라. 그러면 여러분이 인물 배경에 대한 정보를 조금씩 흘릴 때마다 독자는 그 정보에 관심을 가지며 지루하게 여기지 않을 것이다. 너무 많은 정보를 너무 이른 시기에 밝히지 않는 방식으로 독자의 관심을 훔치라.
- **독자를 현재에 단단히 붙잡아두라.** 인물의 과거를 밝히기 전에 독자가 인물에 관심을 쏟도록 만들라. 인물의 과거 이야기로 소설을 시작하는 대신 현재 벌어지는 사건으로 이야기의 문을 열라. 어떤 편집자는 작가에게 원고 첫 50쪽까지는 인물 배경을 쓰지 말라고 충고하기도 한다.
- **독자에게 인물 배경에 대한 정보를 한꺼번에 뭉텅이로 전**

**달하지 마라.** 인물 배경에 대해 설명할 필요가 있다면 짧게 하라. 인물의 과거를 설명하느라 현재 이야기에서 벌어지고 있는 활동을 중단시키지 마라. 이야기가 펼쳐지는 과정 중에서 배경 정보를 여기서 몇 문장, 저기서 몇 문장 정도로 조금씩 짧게 던져주라. 배경 정보를 설명하느라 이야기가 앞으로 나아가는 기세가 꺾이지 않도록 주의하라.

- **현재 이야기에 중요한 의미를 지니는 배경 정보만을 밝히라.** 이야기 안에 포함시키는 인물 배경은 이야기에 반드시 중요한 의미를 지니고 있어야 한다. 지금 당장 독자가 그 정보를 알 필요가 없다면 생략하라. 혹은 그 정보가 꼭 필요한 순간이 올 때까지 기다리라. 그 장면에서 반드시 필요하지 않다고 여겨지는 배경 정보를 전부 뺀 다음, 시험 독자에게 원고를 읽어달라고 부탁하라. 이해가 잘 되지 않는 부분을 찾아달라고 부탁하라. 어쩌면 인물 배경 설명을 덧붙여야 하는 곳이 있을 수 있다.
- **빙하 원칙을 사용하라.** 여러분은 작가로서 인물이 어떻게 성장했는지, 과거에 어떤 일을 했는지, 과거에 어떤 인간관계를 겪으며 현재 모습에 이르렀는지 세세한 부분까지 전부 알고 있다. 하지만 독자는 그 모든 사실을 다 알

필요가 없다. 이런 정보 대부분은 수면 아래에 숨겨져 있어야 하며 독자에게는 오직 빙산의 일각만을 보여주면 된다. 독자는 그 아래 무언가 더 숨겨져 있다는 것을 느끼게 될 것이며 그것만으로 충분하다.

- **과거를 현재로 끌어옴으로써 인물 배경에 대한 정보를 이야기 안에 포함시키라.** 이를테면 내 소설 『그저 육체적인 Just Physical』에서 스턴트우먼인 주인공은 과거에 불을 이용한 스턴트를 하다가 부상을 입은 적이 있다. 나는 그 사실을 독자에게 '말하지' 않고, 다만 불을 이용한 스턴트를 해야만 하는 현재 상황에서 그가 두려워하는 모습을 '보여주었다'.
- **대화를 통해 인물 배경을 드러내라.** 어떤 인물이 대화를 통해 또 다른 인물에 대한 정보를 알게 된다면 독자는 대화 중인 인물과 더불어 대상 인물에 대해 알아갈 수 있다. 하지만 현실적인 방식으로 대화를 통해 인물 배경을 드러내기 위해서는 대상 인물에 대한 특정 정보를 아직 알지 못하는 인물이 필요하다. "알잖아요, 밥." 이런 부류의 대화는 쓰지 말자. 이런 부류의 대화는 인물들이 이미 알고 있는 사실에 대해, 그 사실에 대해 이야기를 나눌 필요가

전혀 없는 상황에서, 다만 독자에게 정보를 전달하기 위한 목적으로 나누는 대화다.

내 소설 『숨겨진 진실Hidden Truths』에서 예를 소개한다.

"핀이라고 불러주세요." 그는 여자의 손을 잡아 자신의 팔꿈치 안쪽에 끼우고는 여자를 잡아끌며 울타리를 따라 발걸음을 옮겼다. "피니어스라고 불릴 때마다 아버지가 등 뒤에 서 있는 기분이 들거든요."
"그게 싫은가 봐요."
"네. 아버지는 정말 개자식이었거든요." 그의 얼굴이 창백해졌다. "아, 말을 험하게 해서 미안합니다."

- **갈등을 덧붙이라.** 자신의 과거를 밝히기 꺼려하는 인물을 만들고 다른 인물이 그 과거를 억지로 캐내도록 설정하여 인물 간에 갈등을 덧붙인다면 상황을 한층 흥미롭게 만들 수 있다.

## 회상

인물 배경을 회상 장면을 통해 드러낼 수도 있다. 회상 장면이란 과거에 일어났던 사건을 '말해주는' 대신 과거로 돌아가 행동과 대화를 포함한 그 당시의 사건을 재현하여 '보여주는' 장면이다. 회상 장면은 '보여주기'의 한 형태로 여기에서 여러분은 완전히 극적으로 각색된 장면을 쓰게 된다.

하지만 대부분의 편집자가 작가에게 회상 장면을 쓰지 말라고 충고한다. 회상 장면은 독자를 이야기의 흐름에서 벗어나게 만들며 이야기가 앞으로 나아가는 기세를 멈추기 때문이다. 대부분의 경우 회상 장면을 쓰기보다는 몇 문장으로 된 '말하기'를 사용하는 편이 낫다. '말하기'의 쓰임에 대해서는 11장에서 더 자세히 다루겠다.

다른 방식으로는 도저히 인물 배경을 풀어낼 수 없어 회상 장면을 써야 한다고 생각하는 경우를 위해 여기에서는 회상 장면을 제대로 쓰는 방법을 설명한다.

- **회상 장면은 짧게 줄이라.** 현재의 이야기를 지나치게 오래 지연시켰다가는 독자가 다시 본래의 이야기로 돌아오는 것이 힘들어질 수 있다. 그러다 아예 책을 그만 읽게 될지도 모른다.
- **소설의 처음 3분의 1까지는 회상 장면을 넣지 마라.** 독자가 현재의 이야기에 자리를 잡고 인물에게 마음을 줄 때까지, 그래서 인물의 과거에 대해 좀 더 많은 것을 알고 싶을 때까지 기다리라.
- **회상 장면을 현재 벌어지는 이야기의 강렬한 장면 뒤에 배치하라.** 지루한 장면 다음에 회상 장면이 등장하면 독자는 본래의 이야기로 되돌아갈 이유를 찾지 못한다.
- **현재의 이야기에서 인물이 과거의 사건을 떠올리는 계기를 만들라.**
- **회상 장면을 시작하는 즉시 독자에게 시간과 장소를 고지하라.** 언제, 어느 곳의 과거로 돌아갔는지 독자에게 바로 알리라.
- **다시 현재 시점으로 돌아오는 지점도 분명하게 표기하라.**
- **동사의 시제를 활용하여 회상 장면의 시작과 끝을 표시할 수도 있다.** 소설을 현재 시제로 진행하고 있다면 회상 장

면으로 들어갈 때 과거 시제를 사용하는 것이다. 하지만 시제를 억지로 구분하면 번거롭고 문장이 어색해질 수 있다. 예를 들어 소설을 과거 시제로 진행하고 있다면 회상 장면에서는 '보았었다', '있었었다' 같이 부자연스러운 대과거 시제를 써야 한다. 억지로 시제를 맞추기보다 독자가 현재 장면과 회상 장면을 명확히 구분할 수 있도록 하라.

여자는 머리 뒤로 양팔을 받치고 누워 예전에 썼던 방 안을 멍하니 바라보았다. 15년 전 마지막으로 이 방을 떠났을 때와 똑같은, 닳아빠진 카펫과 보기 흉한 벽지가 여전히 자리를 지키고 있었다.

그때도 지금처럼 침대에 누워 있었다. 음악을 듣고 있었는데, 아버지가 불쑥 방으로 들어왔다.

"아래층으로 내려와라." 아버지가 말했다. "지금 당장!"

여자는 두근대는 가슴에 손을 얹고 침대에서 일어나 아버지 뒤를 따라 아래층으로 내려갔다.

아버지가 식탁 위에 편지 한 통을 탕, 하고 내려놓았다. "나한테 한마디 말도 없이 대학에 지원했어? 가게는 어쩌고!"

이 다음에는 아버지와 딸 사이에 펼쳐지는 갈등 장면이 진행된다. 아래는 다시 이야기를 현재로 되돌리는 부분이다.

"네가 정말 그렇게 생각한다면." 아버지는 딸에게 등을 돌린 채 말했다. "나가. 나가서 다시는 돌아오지 마라."
"절대 안 돌아와요." 여자는 소리쳤다.
15년이 지난 오늘 여자는 어린 시절을 보낸 방의 벽을 멍하니 쳐다보았다.

- **회상 장면을 이탤릭체로 쓰지 마라.** 이탤릭체는 읽기가 어렵기 때문에 길게 이어지는 단락에는 적합하지 않다.
- **회상 장면 안에 또 다른 회상 장면을 넣지 마라.** 회상 장면 안에서는 그 장면에 머물면서 인물이 그보다 더 과거에 있었던 일을 떠올리게 하지 않는다.

## 프롤로그

회상 장면을 추천하지 않는다면 프롤로그를 통해 인물 배경을 밝히는 것이 좋겠다고 생각할지 모른다. 프롤로그란, 이야기가 시작되기 몇 달이나 몇 년, 몇십 년, 심지어는 몇 세기 전에 일어난 사건을 다루는 독립된 장면이다. 대개 프롤로그에서는 중요한 소설 속 세계의 역사를 밝히거나, 이야기가 벌어지게 된 전후 사정을 설명한다. 그러므로 어떤 의미에서 프롤로그는 회상 장면과 비슷하다고 할 수 있다. 회상 장면과 마찬가지로 프롤로그에도 단점이 있다.

대부분의 편집자와 독자는 프롤로그를 질색한다. 프롤로그는 이야기의 시작을 지연시키기 때문에 독자를 실망시킨다. 그럼에도 불구하고 일부 작가들은 자신의 이야기를 이해하기 위해서는 독자가 특정 정보를 알아야 할 필요가 있다고 확신하기 때문에 프롤로그를 쓴다.

여러분이 뛰어난 효과를 발휘하는 훌륭한 프롤로그를 쓸 수 없다고 단정 짓는 것은 아니다. 하지만 대부분의 경우 프롤로그는 없는 편이 좋고, 실제로 꼭 필요하지도 않다. 프롤로그는 인물 배경을 설명하는 최선의 방법이 아니다. 독자는 아직 주인공에 대해 알지 못하기 때문에 주인공에게 일어난 과거의 사건을 본다고 해도 그 시점에서는 별 감흥이 없다. 세계관을 설명하는 프롤로그 또한 마찬가지다. 독자는 아직 여러분의 이야기 속 세계와 그 역사에 흥미를 느끼지 않는다.

프롤로그에서 독자에게 정보를 뭉텅이로 전달하는 대신 사건이 벌어지는 곳에서 이야기를 시작하라. 그리고 플롯을 펼쳐나가는 과정에 인물 배경 정보를 조금씩 엮어 보여주면서 독자가 인물과 세계를 스스로 이해하도록 만들라.

## 연습 #7

❶ 여러분이 쓰고 있는 원고 첫 장을 살펴보자. 인물 배경을 설명하는 부분, 이야기가 시작되기 전에 일어난 일들에 대한 정보가 포함된 부분이 있는가? 그 부분을 형광펜으로 표시하라. 지금 이 시점에 독자가 이 모든 정보를 반드시 알아야 하는가? 지금 벌어지는 사건을 독자가 이해하기 위해서 반드시 필요한 정보만을 남기고 장면을 팽팽하게 조이라. 지금 당장 모든 질문에 답할 필요가 없다는 사실을 명심하라.

❷ 장면 안에서 실시간으로 펼쳐지는 대화와 행동을 통해 인물 배경을 일부분 드러낼 수 있는가?

❸ 인물 배경에 대한 설명의 일부를 이야기 후반으로 옮길 수 있는가?

7장

# '말하기'를 조심해야 하는 위험 구역 2

---

## 묘사를 다루는 법

앞에서 언급한 '말하기'를 조심해야 하는 위험 구역들을 기억하는가? 인물 배경 이외에 또 다른 두 가지 위험 구역으로는 인물 묘사와 배경 묘사가 있다.

소설에서 묘사는 중요하다. 독자들은 자신의 머릿속에서 영화가 상영되기를 바라기 때문이다. 이 목적을 달성하기 위해 우리는 인물과 배경이 어떤 모습을 하고 있는지 독자에게 전달해야만 한다. 그렇다면 우리는 '말하기'에 의존하지 않고 어떻게 이 과업을 수행할 수 있는가?

## 배경 묘사

---

- **장황하고 길게 묘사를 늘어놓지 마라.** 과거에는 작가들이 배경에 대해 길게 묘사를 늘어놓아도 괜찮았다. 하지만 현대 독자들은 몇 페이지에 걸쳐 길게 이어지는 묘사 장면을 참을성 있게 읽어나갈 끈기가 부족하다. 현대 독자들은 바로 사건에 돌입하고 싶어 한다. 한꺼번에 정보를 길게 늘어놓는 대신 이야기 사이사이에 묘사를 조금씩

흩뿌려 넣어라.

- **가장 뛰어난 묘사는 정적인 묘사가 아니라 동적인 묘사다.** 배경 모습을 설명하기 위해 이야기 흐름을 멈춰서 인물을 외면하지 말고 인물이 배경과 상호작용하며 배경을 통해 움직이게 만들라.

**말하기** 거실에는 하얀색의 가죽 소파가 있었고 그 옆에는 크롬으로 도금한 다리에 유리를 얹은 커피 테이블이 놓여 있었다.

이 문장에서 '있었다'는 앞에서 언급했던 힘이 약한 동사다.

**보여주기** 티나는 크롬으로 도금한 다리에 유리를 얹은 커피 테이블 쪽으로 다가갔다. 그는 기계 장치처럼 보이는 그 가구 옆을 돌아서 소파의 흰 가죽을 더럽히지 않으려 조심하며 소파에 걸터앉았다.

이 묘사는 배경뿐만 아니라 인물에 대해서도 무언가를 '보여준다'. 이 인물이 배경 안에서 마음이 편하지 않다는 사실이 분명하게 드러난다. 티나의 거실은 아마도 이곳과 사뭇 다른 모습일 것이다.

- **앞서 언급했던 것처럼 힘이 강하고 능동적인 동사를 사용하라.** 정적인 사물에 대해 묘사할 때도 역동적이고 일종의 움직임이 들어 있는 묘사를 하려고 노력하라.

**말하기** 천문대 지붕은 금빛 돔 모양이었다.

**보여주기** 천문대의 금빛 돔 지붕이 햇빛을 받아 반짝거렸다.

- **모호한 명사를 피하고 구체적인 명사를 사용하라.** 이를테면 인물이 자동차를 주차했다고 '말하는' 대신 그가 스바루를 주차하게 만들라.
- **형용사를 사용하고 싶다면 의견을 나타내는 형용사 대신 묘사적인 형용사를 사용하라.** '아름다운', '영리한', '매력적인' 같은 형용사는 의견을 나타낸다. '반짝이는', '하늘처럼 파란', '별 모양의' 같은 형용사는 묘사적이다.
- **오감을 모두 활용하라.** 수많은 작가들이 그저 인물이 보는 것만을, 어쩌면 듣는 것까지만 묘사하며 다른 감각에

는 신경 쓰지 않는다. 냄새와 촉감, 맛은 좀 더 내밀하고 강렬한 감각으로 독자에게 감정을 불러일으키며 기억을 환기한다. 그러므로 이런 감각들 또한 활용할 수 있도록 하자.

공기에서 짠 내와 산쑥 냄새가 풍겨 왔다. 나는 고개를 들고 바다에서 불어오는 바람을 폐 깊숙이 들이마셨다.

- **시점 인물의 배경과 성격, 상황을 고려하여 그 인물이 알아챌 수 있을 만한 것들만 묘사하라.** 같은 상황에서도 사람들은 각기 다른 것들을 눈여겨보기 마련이다. 여러분의 인물이 어떤 아파트에 수천 번도 넘게 와보았다면 아파트 내부에 별다른 관심을 주지 않을 것이다. 인테리어 디자이너라면 집 내부의 색감과 가구 배치를 눈여겨볼 것이다. 소방관이라면 비상구 위치를 확인할 것이다. 인물이 사투를 벌이고 있는 액션 장면은 아름다운 풍광을 묘사하기에 적합하지 않다.
- **배경에 대해 그저 사실을 묘사하는 데 그치지 않고 인물이 그 배경을 어떻게 느끼는지 '보여주라'.**

텐트 입구의 천을 젖히자 저절로 얼굴이 찌푸려졌다. 웩. 텐트 안에서 땀 냄새와 신다 만 양말 냄새, 축축한 털옷 냄새가 풍겼다. 이곳에서 지내야 한다니, 절대 있을 수 없는 일이다.

- **묘사를 할 때 상투적인 표현에 의존하지 않도록 주의하라.** '비단처럼 매끄러운', '토마토처럼 빨간' 같은 특정 표현들은 지나치게 남용된 나머지 독자를 지루하게 만들며 기억에도 남지 않는다.
- **대화 또한 배경을 묘사하는 데 이용할 수 있다.** 다만 인물이 실제로 할 법한 말처럼 써야 한다. 독자에게 무언가를 설명하기 위한 말이어서는 안 된다.

내 소설 『마음의 문제Heart Trouble』에서 예를 소개한다.

주위를 둘러보는 동안 랄레는 자신을 지켜보는 호프의 시선을 느꼈다. "집이 멋지네요." 랄레는 열의를 보이려 애쓰며 말했다. "뭐랄까, 음, 깔끔하고 세련되어 보여요."
"알아요, 상당히 미니멀하죠." 호프가 어깨를 으쓱했다.

"집에서 보내는 시간이 거의 없어서요. 게다가 집을 꾸미는 솜씨가 요리 솜씨만큼 형편없거든요."

## 인물 묘사

- **길게 늘어지는 묘사 단락을 통해 인물의 모습을 한꺼번에 보여주지 마라.** 소설 첫 장에서 인물 배경을 전부 밝혀서는 안 되는 것과 마찬가지로 첫 장에서 인물의 모습을 머리부터 발끝까지 모조리 묘사할 필요는 없다. 이야기가 나아가는 기세를 꺾지 않도록 주의하며 처음 몇 장에 걸쳐 인물에 대한 묘사를 야금야금 흩뿌려 놓으라. 인물들이 처음 만나는 순간에는 서로에 대해 가장 눈에 띄는 부분만을 눈여겨보기 마련이다. 그리고 좀 더 가까워진 후에야 눈동자 색깔 같은 세부적인 것들을 알아차리게 된다. 또한 누군가를 처음 만나는 순간 눈여겨보는 지점은 사람마다 다르기 마련이다. 이를 통해 여러분이 묘사하고 있는 인물뿐만 아니라 그 인물을 관찰하고 있는 인물에 대해서도 무언가를 드러낼 수 있다. 이런 묘사는 두 가지

임무를 수행하는 셈이며 이는 언제나 좋은 일이다.

- **인물 외모의 시시콜콜한 부분까지 독자가 전부 알 필요 없다.** 가장 흥미로운 요소를 고른 다음 나머지에 대해서는 독자가 상상력을 발휘하도록 남겨두라.
- **가장 뛰어난 묘사는 인물의 외모와 함께 성격까지 드러낸다.**

두 사람이 어깨를 나란히 하고 차를 향해 걷는 동안 티나는 어깨를 앞으로 수그리고 몸을 곧추세우지 않도록 조심했다.

이 묘사에서는 티나가 키가 크다는 사실을 보여줄 뿐만 아니라 자신의 큰 키를 의식하고 있다는 사실을 함께 알려준다.

- **시점 인물이 사용할 법한 비유적인 표현을 이용하여 다른 인물을 묘사한다면 한 번에 두 가지 임무를 수행할 수 있다.** 이런 표현은 관찰의 대상이 되는 인물의 외모를 보여줄 뿐만 아니라 시점 인물에 대해서도 어떤 사실을 전달한다.

내 소설 『와인의 어떤 것Something in the Wine』에서 예를 소개한다.

잘 숙성된 최상급 화이트 와인처럼 금빛으로 빛나는 머리칼이 애니의 가냘픈 어깨에 닿을 듯이 살랑거렸다.

여기에서 시점 인물인 드루는 와인 제조업자로, 자신이 하는 일을 사랑하기 때문에 애니의 머리칼을 묘사할 때 와인과 관련된 표현을 사용한다.

- **배경 묘사와 마찬가지로 정적인 동사 대신 힘이 강하고 동적인 동사를 사용하라.**

**말하기** 그는 짙은 빛깔의 눈에 친밀한 미소를 짓고 있었다.
**보여주기** 그가 미소 짓자 짙은 빛깔의 눈 옆으로 주름이 잡혔다.

- **외모를 묘사하는 세부 사항들을 길게 열거하는 일을 피하라.** 독자는 그런 묘사를 읽다 지쳐버리고 말 뿐만 아니라

길게 열거된 항목들을 다 기억하지도 못한다.

검은색의 짧고 몸에 딱 달라붙은 치마에 여자의 길고 날씬한 다리가 드러났다.

나라면 여기에서 형용사 몇 개를 아예 뺄 것이다. 이를테면 '짧고'라는 형용사는 불필요하다. 여자의 다리가 드러나 있다면 독자는 치마가 짧을 것이라고 추측할 수 있기 때문이다.

- **대화를 활용하라.** 어느 경우에는 심지어 대화 안에 인물 묘사를 슬쩍 집어넣을 수도 있다.

티나는 배우를 위아래로 훑어보았다. "화면에서 보는 것보다 키가 훨씬 크군요."

## 연습 #8

❶ 여러분이 쓰는 원고 첫 장을 다시 한번 살펴보자. 배경이나 인물을 묘사하는 부분이 있는가? 그 부분을 형광펜으로 표시를 한 다음 분량이 얼마나 긴지 살펴보자. 정보를 길게 늘어놓는 곳이 있는가? 그렇다면 그 단락을 여러 부분으로 잘게 쪼개어 장면 사이사이에 나누어 넣는 편이 좋다.

❷ 묘사에서 사용하고 있는 동사를 살펴보자. 한층 힘이 강하고 동적인 동사로 대체하여 묘사에 좀 더 힘을 실어줄 수 있는가?

❸ 묘사에서 오감을 모두 활용하고 있는가? 시각을 제외하고도 적어도 한두 가지 감각을 덧붙이려고 해보자. 그 장소에서는 어떤 냄새가 풍기는가? 어떤 소리가 들리는가? 인물이 먹거나 만지고 있는 무언가를 묘사할 수 있는가?

❹ 묘사에서 시점 인물의 성격이나 배경이 조금이라도 드러나고 있는가? 시점 인물이 배경이나 다른 인물을 묘사하는 데 사용하는 표현들이 그 인물이 사용할 법한 표현들인가? 이 장면에서는 시점 인물이 알아채지 못할 법한 세부 사항이 언급된 부분이 있는가? 그렇다면 그런 부분을 빼버리자.

8장

# ‘말하기’를 조심해야 하는 위험 구역 3

---

## 감정을 묘사하는 법

독자는 감정을 경험하기 위해 책을 읽는다. 감정이 없다면 여러분의 책은 그저 밋밋해질 것이다. 특히 로맨스 소설처럼 인물이 이끌어나가는 이야기에서는 감정을 '말해주는' 대신 '보여주는' 일이 극히 중요하다.

## 감정에 이름을 붙이는 일을 피하라

앞에서도 감정에 이름을 붙이는 일은 '말하기'이기 때문에 피해야 한다고 언급했다. 여러분이 자주 사용하는 감정 언어 목록을 작성하라. 모든 원고를 퇴고할 때 이 목록을 참고하고 문서 프로그램의 검색 기능을 활용하여 이 목록에 실린 감정 표현을 찾는다. 각 표현의 명사, 형용사, 부사 활용형을 모두 찾아야 한다. 예를 들어 '격분', '격분한', '격분하여'.

이미 인물이 느끼는 감정을 '보여준' 경우에는 감정 표현 단어를 아예 빼버릴 수 있다. '말하는' 부분을 굳이 덧붙이지 않더라도 그 문장은 제대로 효과를 발휘할 것이다.

**보여주기와 말하기** 그는 기쁨에 넘쳐 양손을 마주쳤다.
**보여주기** 그는 양손을 마주쳤다.

**보여주기와 말하기** 티나는 화가 나 미간을 찌푸렸다.
**보여주기** 티나는 미간을 찌푸렸다.

**보여주기와 말하기** 티나는 실망하여 양손을 들어올렸다.
**보여주기** 티나는 양손을 들어올렸다.

## 문장의 주어로 오는 감정 언어

---

3장에서 이야기했듯이 모든 감정 표현을 뺄 필요는 없다. 가끔씩 감정 언어를 문장의 주어로 삼고 이를 힘이 강한 동사와 짝지어준다면 큰 효과를 발휘할 수 있다. 하지만 이 기술은 가끔씩만 사용해야 한다.

안도감이 티나의 가슴에 흘러넘치며 숨이 막혀왔다.

물론 안도감이라는 단어를 실제로 사용하지 않으면서 안도감을 보여줄 수도 있다.

**고쳐 쓰기** 하느님, 감사합니다. 티나는 가슴에 손을 얹고 숨을 고르려 애썼다.

대부분의 경우 원고에서 보이는 감정 표현은 그 부분을 고쳐 써야 한다는 표지다. 인물이 느끼는 감정을 전달하는 데는 그보다 더 좋은 방법들이 있다.

그렇다면, 어떻게 고쳐 쓸 수 있는가?

## 말하지 않고도 감정을 전달할 수 있는 여덟 가지 방법

여기에서는 인물이 느끼는 감정을 드러내는 여덟 가지 방법을 소개한다.

### 1. 신체적 반응

감정은 언제나 신체적 반응을 불러일으킨다. 우리가 두려움을 느끼면 심장이 세차게 뛰기 시작하고 손바닥에 땀이 배어

나오며 근육이 긴장한다. 이런 신체적 반응은 우리가 자신의 의지대로 통제할 수 없는, 비자발적이고 본능적인 반응이다. 다만 시점 인물의 경우에만 신체적 감각을 묘사하도록 주의하라. 시점 인물이 아닌 다른 인물이 어떤 감정을 느끼는 경우에는, 이를테면 손이 부들부들 떨리는 것처럼 오직 겉으로 나타나는 신체적 반응만을 관찰할 수 있다.

**말하기** 나는 두려웠다.
**보여주기** 몸이 부들거리며 식은땀이 등허리로 흘러내렸다.

**말하기** 그는 화가 났다.
**보여주기** 그의 관자놀이에 혈관이 솟아올랐다.

**2. 몸짓언어와 행동**

몸짓언어는 인물이 어떤 감정을 느끼고 있는지 보여줄 수 있는 훌륭한 방법이다. 힘이 강하고 동적인 동사를 사용하여 인물의 감정을 전달하도록 유의하자.

가는 곳마다 수첩을 들고 다니면서 일상에서 관찰할 수 있는 몸짓언어와 행동을 기록하는 것도 좋은 방법이다. 일례로 나는 최근 횡단보도의 빨간불에 걸린 보행자가 발을 동동거리는 모습을 보았다. 조바심을 묘사하기에 효과적인 행동이다.

**말하기** 베티는 행복해 했다.
**보여주기** 베티는 마치 전 세계를 껴안기라도 하려는 듯 양팔을 펼치더니 빙글빙글 돌았다.

**말하기** 여자는 자신의 튀어나온 무릎이 부끄러웠다.
**보여주기** 여자는 눈을 내리깔더니 치맛자락을 잡아당겨 튀어나온 무릎을 덮었다.

**말하기** 나는 성가시다는 눈빛으로 베티를 쳐다보았다.
**보여주기** 나는 베티를 노려보았다.

### 3. 얼굴 표정

얼굴 표정은 감정을 전달하는 또 하나의 훌륭한 방법이다. 하지만 이 방법은 시점 인물이 아닌 인물에게만 사용할 수 있다는 점을 명심하라. 시점 인물은 스스로 자신의 얼굴을 볼 수 없기 때문에 외부에서 시점 인물의 표정이 어떻게 보이는지 묘사해서는 안 된다.

한 종류의 표정을 지나치게 반복해서 사용하지 않도록 주의하라. 내가 편집한 어떤 원고에서는 모든 등장인물이 놀랄 때마다 눈썹을 치켜올린다. 기존과는 다른, 참신한 방식으로 감정을 전달하는 법을 생각해내려고 노력하라. 안젤라 애커만Angela Ackerman과 베카 푸글리시Becca Puglisi가 쓴 『인간의 130가지 감정 표현법』은 뻔하디 뻔한 표현 말고 새로운 표현을 생각해내기 위한 훌륭한 시작점이 될 수 있다.

**말하기** 그는 기분이 유쾌했다.

**보여주기** 그의 입가에 미소가 떠올랐다.

**말하기** 그는 곤혹스러워 보였다.

**보여주기** 그는 미간을 찡그리더니 하늘에서 해결책을 찾기라도 하듯 눈동자를 위로 굴렸다.

**4. 대화**

대화를 활용하여 인물이 느끼는 감정을 표현하라. 대화는 말

그대로 감정 자체를 대변할 수 있다는 점에서 강력한 도구다. 인물이 긴장하고 있거나 화를 내고 있다면 말을 짧게 끊고 강한 발음이 나는 단어로 말하도록 만들어라. 인물이 장난스럽게 굴거나 깊은 생각에 잠겨 있다면 길게 이어지는 문장과 긴 단어를 사용하라. 인물이 초조해 한다면 말을 더듬을 수도 있다.

> **말하기** 나는 존에게 몹시 화가 났다.
>
> **보여주기** 나는 주먹으로 책상을 내리쳤다. "젠장, 존!"
>
> **말하기** 그는 조바심을 내며 기다렸다.
>
> **보여주기** 그는 발을 굴렀다. "제발 좀. 이러다 늙어 죽겠어."

대화를 쓸 때는 또한 중간에 한 번씩 인물이 어떤 말투로 말을 하고 있는지 묘사하는 것을 잊어서는 안 된다. 하지만 부디 이를 묘사하기 위해 부사나 형용사에 의존하지 말자.

> **말하기** "떨어져 지낸단 말이니?" 어머니는 낙담한 목소리로 되풀이했다. "나…… 나한테서 말이니?"
>
> **보여주기** "떨어져 지낸단 말이니?" 어머니는 마치 뺨을 얻어맞은 사람처럼 말했다. "나…… 나한테서 말이니?"

## 5. 내적 독백(생각)

'보여주기'라고 해서 행동이나 대화처럼 밖에서 관찰할 수 있는 일만 쓸 수 있다는 뜻은 아니다. 여러분은 인물의 머릿속으로 뛰어들 수 있으며, 또한 그렇게 해야만 한다. 내적 독백, 혹은 내적 성찰은 인물이 내면에서 하는 생각을 가리킨다. 인물의 생각을 나타내는 내적 독백은 1인칭 시점으로 작은따옴표를 사용해 구분하거나 그런 구분 없이 현재 화법 그대로 서술할 수 있다. 대화를 쓸 때와 마찬가지로 내적 독백에서도 인물이 선택하는 단어를 통해 인물이 느끼는 감정을 드러낼 수 있다.

**말하기** 그는 혼란스러웠다.

**보여주기** (간접적 내적 독백) 도대체 무슨 일이 벌어지고 있던 것일까?

**말하기** 티나는 오빠에 대한 질투심을 숨기기 위해 무척 애를 썼다.

**보여주기** (직접적 내적 독백) 아버지가 톰의 어깨를 두드릴 때 티나는 표정을 드러내지 않으려 안간힘을 다했다. 아무렴 그렇겠지. 아빠의 소중한 아들이 뭘 잘못할 수 있겠어.

### 6. 배경 묘사

인물의 시점에서 배경을 묘사할 때 어떤 표현을 선택하는지에 따라 인물의 기분에 대해 많은 것을 전달할 수 있다. 같은 배경이라 할지라도 시점 인물이 어떤 기분인지에 따라 다르게 보일 수 있기 때문이다.

날씨 같은 외부 환경의 요소들 또한 인물이 느끼는 감정을 거울처럼 비추어줄 수 있다.

> **말하기** 폭우가 내렸다.
>
> **보여주기** (쾌활한 기분을 전달하기 위해) 빗방울이 마치 춤을 추듯 유리창을 두드렸다.
>
> **보여주기** (비관적인 기분을 전달하기 위해) 빗방울이 마치 채찍처럼 유리창을 후려쳤다.

### 7. 오감

감정이 고조되는 순간 우리의 감각은 한층 날카로워지기 때문에 소리나 냄새 같은 감각을 좀 더 예민하게 인지한다.

**말하기** 내 뒤를 쫓는 정체불명의 사람이 두려운 나머지 나는 걸음을 재촉했다.

**보여주기** 등 뒤에서 뚜벅거리는 발소리가 들리더니 고약한 맥주 냄새가 코를 찔렀다. 나는 걸음을 재촉했다.

### 8. 비유

은유나 직유 같은 수사적 표현 또한 인물의 감정을 전달하는 효과적인 방법이다.

**말하기** 그는 공격적인 눈빛으로 남자를 쏘아보았다.

**보여주기** 그는 마치 상대를 가늠하는 권투 선수 같은 눈빛으로 남자를 쏘아보았다.

하지만 수사적 표현을 너무 지나치게 남용해서는 안 된다. 모든 단락마다 직유나 은유가 등장한다면 비유적 표현은 힘을 잃고 말 것이다. 특히 이 단락에서처럼 인물을 권투 선수로 비유해놓고 다음 단락에서는 발레리나 같은 대립되는 이미지로 다시 비유한다면 효과를 모두 잃게 된다.

## 인물에 따라 겉으로 드러나는 감정의 징후들을 각기 다르게 표현하라

자, 이제 인물이 느끼는 감정을 '보여주기' 위해 활용할 수 있는 여덟 가지 방법을 알아보았다. 같은 감정이라 할지라도 인물마다 그 감정을 표현하는 방식이 달라진다는 사실을 명심하라.

화가 났을 때 어떤 사람은 소리를 지르며 욕지거리를 내뱉는다. 어떤 사람은 입을 꾹 다물고 살짝 굳은 입가로만 감정을 내보인다. 어떤 인물은 자신의 감정을 밖으로는 전혀 드러내지 않을 수도 있으며 이런 경우에는 그의 생각을 통해 감정을 보여주어야만 한다.

인물이 어떤 방식으로 자신의 감정을 드러내는지 '보여주는' 문장은 그 인물의 성격을 묘사하는 임무를 수행하며 그의 내면 깊은 곳까지 드러내 실제로 그가 어떤 사람인지 독자가 한층 잘 이해할 수 있도록 돕는다. 인물이 감정을 표현하는 방식은 그 인물이 지금 느끼고 있는 감정보다 그 인물에 대해 훨씬 더 많은 것을 '보여준다'.

## 여러 감정의 표식을 조합하여 모호함을 피하라

몸짓언어는 종종 애매모호하게 읽힐 때가 있으므로 독자가 여러분이 그려서 '보여주고' 싶은 감정이 무엇인지 확신하지 못할 수도 있다. 행동 하나, 표정 하나가 언제나 감정을 분명하게 명시해주지는 않는다.

그는 자신이 마시는 맥주병에 붙은 상표를 긁적였다.

이 인물은 지루할 수도 있고 초조할 수도 있다. 어쩌면 누군가에게 화가 나 있어 화를 맥주병에다 풀고 있을지도 모른다. 이렇게 애매모호하게 읽히는 몸짓언어에는 다른 몸짓언어나 대화, 혹은 내적 독백을 덧붙여 인물이 느끼는 감정을 분명하게 만들어주어야만 한다.

그는 자신이 마시는 맥주병에 붙은 상표를 긁적였다. 도대체 토비는 어디 있는 것일까? 앞으로 5분 안에 토비가 오지 않으면 여기에서 나가버릴 생각이었다.

'보여주는' 여러 감정의 표식을 조합하라. 훨씬 분명하고 생생한 단락이 될 수 있다.

## 연습 #9

지금 쓰고 있는 원고 첫 장을 다시 한번 꼼꼼하게 읽는다. 감정에 이름을 붙이면서 인물이 느끼는 감정을 독자에게 '말해주는' 부분이 있는가? 그렇다면 신체적 반응과 몸짓언어, 표정, 행동, 대화, 내적 독백을 활용하여 인물의 감정을 '보여줄' 수 있도록 그 부분을 고쳐 쓰라.

## 연습 #10

영화나 TV 드라마 한 편을 감상하라. 배우들이 어떤 식으로 감정을 드러내는지 눈여겨보라.

9장

# 대화에서의 ‘말하기’

---

## 대화 잘 쓰는 법

대화는 훌륭한 '보여주기' 방법이라고 말했다는 것을 나도 안다. 하지만 주의하지 않으면 대화조차 '말하기'의 희생양이 될 수 있다.

여기에서는 대화에서의 '말하기'를 피하기 위해 주의해야 할 점들을 소개한다.

### 1. 하녀와 집사의 대화

'하녀와 집사의 대화'는 '알잖아요, 밥 대화'라고도 불린다. 바로 대화를 통해 정보를 대량 방출하는 종류의 대화다. 독자에게 어떤 종류의 정보를 전달하고 싶을 때 작가는 이미 그 정보를 알고 있는 인물들이 그것에 대해 이야기를 나눌 이유가 전혀 없는 상황에서 정보를 담아 이야기를 나누게 만든다.

'하녀와 집사의 대화'라는 용어는 극장에서 유래했다. 과거에 극작가들은 관객에게 어떤 일에 대해 알려주고 싶을 때 집사와 하녀가 나누는 대화를 관객에게 '엿듣게' 만들었다. 예를 들어 "알잖아요, 밥. 주인님은 지금 사업 때문에 큰 아드님을

데리고 런던에 가시고 없잖아요." 같은 부류의 대화다.

"그건 좋은 생각이 아니야." 베티가 말했다. "우리가 지난 번에 그렇게 했을 때 무슨 일이 있었는지 기억하지?"

"무슨 일이 있었더라?" 티나가 말했다.

"대학교 1학년 때 그 사람하고 같이 살았었잖아. 여자 친구가 맨날 붙어살다시피 했던 그 사람 말이야."

"로이 말이지."

"그래, 맞아."

현실에서라면 베티는 아마 이런 식으로 말했을 것이다. "그건 좋은 생각이 아니야. 지난번에 로이 여자 친구한테 그렇게 했다가 무슨 일이 있었는지 기억하지?"

많은 경우 '하녀와 집사의 대화'는 그저 빼버릴 수 있다. 독자가 모든 정보를 다 알아야 할 필요는 없다. 적어도 지금 당장 알 필요는 없다. 만약 이 시점에서 독자가 반드시 알아야만 하는 정보라면 그 정보를 독자에게 전달하는 한층 자연스러운 방법을 생각하라. 가끔은 그 정보를 아직 알지 못하는 인물을 등장시켜 그 일에 대해 질문을 던지도록 하는 것 또한 선택지가 될 수 있다. 인물들에게 그 일에 대해 이야기를 나누어야 할 만한 설득력 있는 이유를 부여하라.

**2. 독창적인 대화 꼬리표**

어떤 작가들은 '○○가 말했다'라는 대화 꼬리표에 독자가 싫증을 낼 거라고 생각하는 것 같다. 그래서 '외쳤다', '요구했다', '논평했다' 같은 한층 독창적인 대화 꼬리표를 쓰려고 노력한다.

일반적으로 다양성과 창의성은 작가에게 좋은 자질이지만 이 문제에서만큼은 예외다. 가장 좋은 대화 꼬리표는 '말했다'이다. 두드러지지 않으며 대화 자체에서 관심을 분산시키지 않기 때문이다.

'물었다', '대답했다'까지 포함해서 '말했다' 외의 대화 꼬리표를 사용한다면 '말하고' 있는 것이다. 독자에게 대화에 대해 설명해주는 대화 꼬리표를 피하고, 대화 자체가 그 자신을 대변하도록 만들라. 대화만으로 독자에게 대화의 말투가 전달되지 않는다면 그 대화는 힘이 없는 대화이므로 다시 고쳐 쓸 필요가 있다.

**말하기** "못 따라오겠어?" 그가 놀렸다.
**보여주기** "늙은 아줌마, 못 따라오겠어?"

**말하기** "그가 아니야. 내가 그랬어." 나는 실토했다.
**보여주기** "그가 아니야." 내가 말했다. "내가 그랬어."

대화의 내용 자체가 실토인 것이 분명하기 때문에 대화 꼬리표를 덧붙여 독자에게 굳이 '말해줄' 필요가 없다. 독자는 불필요한 참견이라고 생각할 것이다.

### 3. 대화 꼬리표에서의 부사

대화 꼬리표에 부사를 덧붙이는 것 또한 '말하기'의 한 형태다. 감정은 대화 자체에서 충분히 알아볼 수 있어야 하며 또한 몸짓언어와 표정으로도 드러낼 수 있기 때문에 굳이 부사를 덧붙일 필요가 없다.

**말하기** "내 정원이 정말 아름답지 않은가요?" 그가 으스대며 말했다.

**보여주기** "참으로 보기 좋은 정원이에요. 그렇지 않은가요?" 그는 셔츠 자락으로 손톱을 문질렀다.

**말하기** "당장 나가." 나는 화가 나서 말했다.
**보여주기** "당장 나가." 나는 그를 문 쪽으로 밀어붙였다.

### 4. 간접화법

간접화법은 인물이 실제로 한 말을 인용 부호 안에서 '보여주지' 않고 작가가 독자에게 대신 '말하는' 방법이다. 대부분의 경우 간접화법은 '말하기'의 또 다른 형태이므로 피하는 것이 좋다.

**말하기** 티나는 얼마 동안 그를 만나지 못했다고 설명했다.
**보여주기** "얼마 동안 그를 만나지 못했어." 티나가 말했다.

**말하기** 티나는 그들이 동물원에 얼마나 자주 가는지 물었다.
**보여주기** "동물원에는 얼마나 자주 가세요?" 티나가 물었다.

이야기 안에서 중요한 역할을 하는 대화라면 그 대화를 보여 주라. 플롯을 앞으로 이끄는 역할을 하지 못하는, 그리 중요하지 않은 대화라면 대화 자체를 빼버리라. 하지만 가끔은 간접화법을 사용하는 편이 더 바람직한 경우가 있다. 여기에 대해서는 '말하기'의 쓰임에 대한 장에서 자세하게 다룰 것이다.

## 연습 #11

❶ 여러분이 쓰고 있는 원고 첫 장을 다시 한번 꼼꼼하게 읽자. 이번에는 대화에서 자신도 모르게 '말하고' 있는 부분이 있는지 살펴본다.

❷ 인물들이 이미 알고 있는 사실에 대해 서로 이야기를 나누는 대화가 있는가? 그렇다면 그 시점에 독자가 해당 정보를 반드시 알아야만 하는지 검토하라. 만약 그렇다면 독자에게 그 정보를 알려줄 다른 방법을 찾으라.

❸ '말했다', '대답했다', '물었다' 외에 다양한 대화 꼬리표를 사용하고 있는가? 그중 일부를 '말했다', '대답했다', '물었다'로 바꾸라.

❹ 대화 꼬리표에 부사를 덧붙인 곳이 있는가? 대부분의 경우 부사를 빼 버리라.

❺ 원고 첫 장에서 간접화법을 사용하고 있는 부분이 있는가? 정말로 중요한 대화라면 그 대화를 고쳐 써서 독자에게 '보여줄' 수 있는지 검토하라.

# 10장

# 과도한 '보여주기'

## 지나치게 '보여주는' 일을 피하는 법

'보여주기'의 훌륭한 점에 대해 한참 설명한 다음이라 믿기 어렵겠지만 실제로 지나치게 '보여주는' 경우가 존재한다. '말하지 말고 보여주라'는 충고를 극단적으로 따른 나머지 사소한 세부 사항들을, 별로 중요하지 않은 것까지 전부 다 '보여주려' 한다면 여러분의 이야기는 수렁에 빠지게 될 것이다.

## 거시적 수준에서의 과도한 '보여주기'

별로 중요하지도 않은 것들에 대한 묘사를 너무 길게 늘어놓아서는 안 된다. 세부 사항을 지나치게 많이 나열하다 보면 독자의 관심이 이야기에서 멀어지며 이야기의 속도가 느려진다. 여러분이 쓰는 모든 문장에 대해 과연 독자가 그 정보를 반드시 알고 지나가야 하는지 질문을 던지라. 그 정보가 장면의 목표를 달성하는 데 어떤 역할을 하는가? 인물에 대해 무언가 흥미로운 사실을 드러내는가? 플롯을 앞으로 나아가게 만드는가? 그렇지 않다면 그 정보를 생략하라.

특히 소설을 여는 첫 장에서는 별로 중요하지 않은 세부 사항을 모두 빼려고 노력하라. 무언가 흥미로운 사건이 일어나 이야기 속 일상을 침범하지 않는 한, 단지 인물이 침대에서 일어나 출근 준비를 하는 일상적인 행동으로 소설을 시작하지 마라.

> 여전히 자신을 쳐다보고 있는 제이크를 주방에 남겨둔 채, 티나는 현관홀로 나온 다음 왼쪽으로 꺾어 자신의 침실로 향했다. 화장실 앞을 지나칠 때 잠시 발을 멈추고 안으로 들어가 화장품을 챙긴 다음 다시 침실로 걸음을 옮겼다.
> 아직 열 시가 채 되지 않았는데도 바닥부터 천장까지 큰 창이 나 있는 방 안은 열기로 가득했다. 시카고도 이만큼 더울까? 티나는 선크림과 모자를 챙겨야겠다고 생각했다. 그리고 옷장으로 가서 청바지 세 벌과 드레스 두 벌, 스웨트셔츠 몇 벌을 꺼냈다. 꺼낸 옷가지를 화장대 위에 올려놓은 다음 서랍장을 열어 속옷도 몇 벌 챙겨서 화장대 위의 옷더미 위에 얹어놓았다.

이 모든 세부적인 묘사 중 중요한 것은 무엇인가? 티나가 청바지를 몇 벌 챙기는지 독자가 반드시 알아야 할 필요가 있는가? 독자들이 티나의 방 구조에 대해, 주방에서 침실까지 걸어가는 과정에 대해 꼭 알아야만 하는가?

물론 어떤 요소가 중요하고 중요하지 않은지는 여러분이 이야기를 어디로 이끌어 나가는가에 따라 달라진다. 하지만 이 장면은 아마 다음과 같이 고쳐 쓸 수 있을 것이다.

> 여전히 자신을 쳐다보고 있는 제이크를 뒤로 한 채, 티나는 발소리를 울리며 자신의 침실로 들어가 수트 케이스를 침대 위에 던졌다. 엿이나 먹으라지. 그가 함께 가든 안 가든 티나는 시카고로 갈 작정이었다.

티나가 자신의 옷장을 뒤지는 모습을 고스란히 지켜보는 것보다 훨씬 더 흥미롭지 않은가? 게다가 이것만으로도 앞의 한층 길고 지루한 문단에서와 마찬가지로 독자는 필수적인 정보를 알게 된다. 바로 티나가 시카고로 가기 위해 짐을 싸고 있다는 정보다.

## 미시적 수준에서의 과도한 '보여주기'

과도하게 '보여주는' 것은 독자에게 실제로 필요하지 않은 정보를 나열하는 긴 단락 같은 거시적 수준에서만 문제가 나타나는 것이 아니다. 하나의 행동이나 문장 같은 미시적 수준에서도 문제가 나타날 수 있다.

> 그는 오른손을 뻗어 문의 손잡이를 움켜쥔 다음 손잡이를 돌리고 문을 밀어 열었다.

자잘한 세부 묘사가 참으로 많다. 하나를 예로 든다면 여기에서 그가 오른손으로 문을 여는지, 왼손으로 문을 여는지가 중요한 문제인가? 독자는 다들 문을 어떻게 여는지 잘 알고 있기 때문에 문을 여는 동작을 이렇게까지 자세하게 묘사할 필요는 없다. 물론 문의 반대편에서 살인자가 기다리고 있어서 긴장감을 불러일으키기 위해 일부러 장면의 속도를 늦추고 싶은 경우라면 이렇게 써도 좋다. 하지만 인물이 그저 직장에서 하루를 보낸 후에 집으로 돌아오는 장면이라면 지나치게 많이 '보여주는' 것이다.

**고쳐 쓰기** 그는 문을 열었다.

**또 다른 예** 그는 입을 열고 투덜거렸다.

그가 투덜거렸다면 우리는 그가 그렇게 하기 위해 당연히 입을 벌렸을 것이라고 가정할 수 있다.

**고쳐 쓰기** 그는 투덜거렸다.

대체적으로 '보여주기'는 훌륭한 기술이지만 지나치게 극단적으로 사용하면 이야기 진행 속도가 느려지고 만다. 중요한 것들은 '보여주고' 나머지는 생략하라.

## 연습 #12

쓰고 있는 원고 첫 장을 다시 한번 살펴보자. 지나치게 '보여주고' 있는 부분이 있는가? 독자에게 딱히 필요하지 않은 정보, 플롯에 그리 중요하지 않은 정보가 들어 있는 문단이 있는가? 그 부분을 지워버리라.
또한 문장을 하나씩 살펴보자. 하나의 행동을 지나치게 상세하게 묘사하고 있는 문장이 있는가? 이 문장을 좀 더 단순하게 쓸 수 있는가?

11장

# '말하기'의 쓰임

## '말하기'가 더 나은 선택인 경우

'말하지 말고 보여주라'는 대체로 좋은 충고지만 '말하는' 것이 언제나 나쁜 것만은 아니다. 가끔은 그냥 '말하는' 것이 '보여주는' 것보다 더 바람직한 경우가 있다.

그렇다면 '말하기'가 더 좋을 때는 언제인가?

여기서는 '말하는' 것이 '보여주는' 것보다 더 나은 선택일 수 있는 여덟 가지 경우를 소개한다.

### 1. 중요하지 않은 세부 사항

앞에서 '말하기'와 '보여주기'의 예를 비교할 때 아마도 '보여주기'가 지면을 더 많이 차지한다는 사실을 알아차렸을 것이다. 이야기 안에서 지면을 많이 차지하는 장면은 한층 중요하게 보인다. '보여주기'는 지금 쓰고 있는 장면이 중요하므로 여기에 주의를 기울이는 편이 좋다고 작가가 독자에게 보내는 신호다. 만약 모든 요소를 일일이 다 '보여주려' 한다면 독자는 모든 것들을 중요하게 여긴 끝에 금방 지치고 말 것이다. 실제로 중요한 요소들이 더 이상 눈에 띄지 않게 될 것이다.

그러므로 플롯을 앞으로 이끌어 나가는 장면, 인물의 감정을 전달하고 인물 자체에 대한 정보를 전달하는 중요한 장면을 위해 '보여주기'를 아껴두라. 이야기에서 결정적인 장면들은 전부, 특히 이야기가 절정에 이르는 장면은 반드시 '보여주어야만' 한다.

'말하기'에는 '보여주기'보다 단어 수가 적게 들어간다. 그러므로 그리 중요하지 않지만 독자에게 알려두고 싶은 정보를 요약하여 전달할 때 '말하기'를 사용할 수 있다. 별로 중요하지 않고 평범한 일들에 단어를 낭비하지 말고 이를 '말하기'로 요약하여 표현하라. 샤워를 하거나, 옷을 입거나, 차를 타고 출근하거나, 저녁 식사를 만드는 일 같은 일상적인 활동이 여기에 속한다. 지금 요리 책이 아닌 소설을 쓰고 있으므로 인물이 저녁 식사를 준비하는 과정을 일일이 묘사할 필요는 없다. 물론 인물이 스파게티 소스에 독을 넣는 것처럼 플롯에 중요한 역할을 하는 행동을 하는 경우는 제외다.

> **보여주기** 나는 화면의 오른쪽 윗부분으로 마우스를 옮겨 브라우저를 닫기 위해 X 버튼을 클릭했다.

**말하기** 나는 브라우저를 닫았다.

또 다른 예로 내가 쓴 단편 소설 「초보자를 위한 유혹 Seduction for Beginner」 일부를 발췌한다.

> 두 사람은 음식을 주문했고, 15분 후 종업원이 감자튀김과 시저 샐러드 2인분을 가져왔다.

두 주인공이 낭만적인 저녁 식사를 즐기고 있는 이 장면에서 나는 그들이 종업원에게 어떻게 주문을 하는지보다는 두 사람이 서로 나누는 대화와 그들이 느끼는 감정에 초점을 맞추고 싶었다. 그래서 음식을 주문하는 과정을 '보여주는' 대신 이를 요약하여 썼고 시간을 건너뛰었다.

중요하지 않은 세부 사항이 무엇인지, 어떻게 그 정보를 '말하기'로 요약하는지에 대한 더 많은 예를 10장에서 찾아볼 수 있다.

**2. 장면 전환**

'말하기'는 장면을 전환하는 데 유용하다. 시간을 건너뛰거나, 시점을 바꾸거나, 장소를 다른 곳으로 옮기는 경우다. 시간이 얼마나 흘렀는지, 거리를 얼마나 이동했는지를 요약하고, 장면과 장면 사이에 무슨 일이 있었는지 독자에게 보고하기 위해 '말하기'를 사용할 수 있다.

> 사흘 동안 존에게 연락이 없자 티나는 참을 만큼 참았다고 생각했다.

장면 전환을 위한 '말하기'는 장면의 시작뿐만 아니라 장면의 끝에서도 사용할 수 있다. 여기에서 '말하기'는 독자가 그 장면으로 들어가고 나올 수 있도록 돕는 역할을 한다.

> 베티는 아파트를 나와 차를 타고 출근했다.

'출근했다'는 '말하기'다. 출근하는 길에 이를테면 사고가 난다든가 하는 흥미로운 사건이 벌어지지 않는다면 인물이 차를 타고 직장으로 향하는 과정을 일일이 '보여줄' 필요는 없다. 그저 독자에게 베티가 출근했다고 '말해주며' 그 과정을 요약하라.

### 3. 되풀이하여 등장하는 정보

특별한 경우가 아니라면 독자에게 똑같은 정보를 한 번 이상 되풀이하여 '보여주지' 않아야 한다. 어떤 정보가 반복적으로 나타나는 일을 피하고 싶을 때 '말하기'는 좋은 수단이 될 수 있다. 이를테면 독자가 이미 목격한 어떤 일에 대해 한 인물이 다른 인물에게 말을 전하는 경우 이를 요약해서 표현하는 데 '말하기'를 사용할 수 있다.

예로 내 소설 『마음 깊은 곳에서 흔들려Shaken to the Core』 일부를 발췌한다.

> "저 사람 지금 무슨 짓을 하고 있는 거예요?" 케이트가 주위를 둘러보며 속삭였다. "시장이 알코올 판매를 금지했다는 사실을 모르고 있나요? 군인한테 걸리기라도 하는 날에는 와인을 몽땅 뺏기고 말 거예요. 더 나쁜 일을 당할지도 모른다고요!"

극성스러운 군인이 루이지를 쏘아버릴까 걱정이 된 길리아나는 서둘러 루이지에게 달려가 방금 케이트가 한 말을 전해주었다.

"방금 케이트가 한 말을 전해주었다"라는 서술은 '말하기'가 제대로 사용된 사례다. 간접화법을 사용하면서 케이트가 한 말을 그대로 되풀이하는 일을 피했다.

**4. 반복적인 사건**

또한 계속해서 되풀이하여 발생하는 사건을 요약하는 데 '말하기'를 사용할 수 있다. 예를 들어 내가 쓴 역사 소설 『오리건으로 돌아가는 길Backwards to Oregon』에서 주인공들은 마차 행렬을 따라 오리건 트레일Oregon Trail을 여행한다. 여행길에서 그들은 몇 차례에 걸쳐 강을 건너야만 한다. 그때마다 강을 건너는 장면을 '보여주면' 똑같은 장면이 계속해서 등장해 독자를 지루하게 만들 것이다. 그래서 나는 강을 건너는 모습을 단 한 차례만 극적으로 '보여준' 다음 나머지는 '말하기'로 요약했다.

> 스위트워터강은 굽이치며 구불구불하게 흐르는 것으로 유명했다. 강과는 다르게 이주민들은 가야만 하는 곳이 있었고 그저 풍광 속을 정처 없이 떠도는 것으로는 만족하지 못했다. 그래서 그들은 몇 번이고 강을 건너야만 했다.

### 5. 속도

너무 많은 것들을 '보여주려' 한다면 이야기의 속도가 느려진다. 만약 시시콜콜한 것까지 하나하나 전부 '보여주려' 한다면 50만 단어를 써도 이야기의 진척이 없을 것이다. '보여주기'가 앞으로 나아가는 이야기의 기세를 가로막는 경우 그 대신 '말하기'를 사용할 수 있다. 이야기의 속도를 늦추지 않으면서 독자에게 어떤 정보 하나를 재빨리 전달하고 싶을 때 '말하기'는 좋은 수단이다. 이를테면 가끔은 그저 "그가 미소 지었다"라고 '말하는' 것이 "그의 입꼬리가 치켜 올라가고 눈가에 주름이 잡혔다"라고 '보여주는' 것보다 더 좋을 때가 있다.

또한 이전의 장면에서 숨 쉴 틈 없이 몰아치며 벌어지는 사건을 '보여준' 다음 독자에게 잠시 숨을 돌릴 시간을 주기 위해

'말하기'를 사용할 수도 있다.

### 6. 맥락

어떤 장면이 펼쳐지기 전에 그에 대한 정보를 슬쩍 '말해주는' 일을 통해 장면의 맥락을 설명할 수 있다. 이를테면 '말하기'를 통해 그 장면에서 절정에 이르게 될 느린 전개 과정을 요약해줄 수 있고 일상적인 생활이 앞으로 일어나게 될 평범하지 않은 어떤 사건으로 무너지게 되는 경우 그 일상을 설정해줄 수 있다.

또한 규칙적이고 느릿하게 진행되는 전개 과정을 요약하는 데 '말하기'를 사용할 수 있다. 물론 이야기의 전개 과정에서 발생하는 결정적인 순간들은 극적으로 표현된 장면을 통해 '보여주어야' 하지만 그 순간들 사이에 일어난 일들의 인상을 전하기 위해 '말하기'를 사용할 수 있다.

예로 캐서린 레인Catherine Lane의 『하트우드Heartwood』 일부를 발췌한다.

두 사람의 오후는 돌에 새겨놓은 것처럼 매번 똑같았다. 점심을 먹고 난 다음 두 사람은 습관처럼 숲속을 산책했다. 던이 가장 좋아하는 나무에 인사를 하기 위해서였다. 매일같이 던은 나무줄기에 얼굴을 대고 그 어두운 적갈색 껍질에 자신의 비밀을 속삭여 전했다.

"나무한테 무슨 말을 하는 거야?" 산책을 하던 어느 날 마침내 베스가 물었다.

첫 번째 문단은 '말하기'다. 사건이 실시간으로 벌어지지 않으며 두 사람이 오후를 보내는 방식을 요약하고 있다. 대화로 구성된 두 번째 문단에서는 첫 번째 문단에서 마련해놓은 맥락 안에서 사건이 실시간으로 벌어지기 시작한다.

### 7. 서스펜스

또한 독자에게 기대감을 불러일으키고 서스펜스를 조성하기 위해 '말하기'를 사용할 수 있다.

티나는 어디에서든 첫날이 질색이었다. 유치원에 처음 들어가던 날에는 어머니의 옷장 안에 숨었다. 초등학교에 들어간 첫날에는 선생님 옷에 온통 토를 해놓았다. 티나의 가족이 전국을 떠돌며 이리저리 이사를 다녔기 때문에 티나가 여덟 차례나 새로운 마을과 새로운 학교에서 첫날을 맞이해야 했다는 사실도 전혀 도움이 되지 않았다. 새로운 학교에 가면 선생님들은 언제나 티나의 이름을 잘못 불렀다. 하지만 오늘 쿠도스엔터테인먼트 회사에서의 첫날만큼은 다를 것이었다.

티나의 첫날에 항상 문제가 생겼다는 사실을 '말해줌'으로써 독자는 새로운 직장에서의 첫날이 어떻게 꼬이게 될지 궁금해하게 될 것이다.

**8. 초고**

'말하기'를 사용해도 괜찮은 또 다른 곳은 바로 소설의 초고다. 초고부터 제대로 '보여주는' 글을 써야 한다는 압박을 벗어버리라. 제임스 서버James Thurber『월터 미티의 은밀한 생활』로 유명한 미국의 작가이자, 삽화가다-옮긴이는 이렇게 말한 적이 있다. "제대로 쓰려고 하지 마라. 그저 쓰라." 원고를 처음 쓰는 초고 단계에서는 큰 그림, 즉 플롯과 인물에 초점을 맞추라. '보여주는' 문장을 만드느라 글 쓰는 속도가 느려진다면 그냥 '말해준' 다음 그 부분을 건너뛰라. 그다음 글을 고쳐 쓰는 단계에서 원고 전체를 살펴보며 '말하기'를 '보여주기'로 고쳐 쓸 필요가 있는 곳들을 확인하라. 수많은 작가들이 우선은 이야기를 완성하는 일에 집중하고 생생한 산문으로 고쳐 쓰는 일에 대해서는 나중에 걱정하는 편이 글을 쓰기 더 쉽다고 생각한다.

## 적절한 균형점을 찾아라

보다시피 '말하기' 또한 확실히 그 나름의 쓰임을 가지고 있다. 어쩌면 작가에게 해줄 수 있는 가장 훌륭한 조언은 '말하지 말고 보여주라'가 아니라 '보여주고 말해주라'일 것이다. 뛰어난 이야기를 쓰기 위해서는 이 두 가지가 모두 필요하며 작가들은 자신의 집필 도구함에 '보여주기' 기술과 '말하기' 기술을 모두 갖추고 있어야만 한다. 여기에서의 요령은 적절한 균형점을 찾는 것이며 언제 '보여주는' 것이 더 좋고(대부분의 경우가 그렇다) 언제 '말하는' 것이 더 좋은지 판단하는 것이다. 여러분이 원하는 올바른 효과를 내기 위해 '말하는' 곳과 '보여주는' 곳을 신중하게 선택하고 두 가지 기술을 적절하게 조합하라. 인물의 행동과 감정을 보여줌으로써 장면에 생동감을 부여하는 한편 별로 중요하지 않은 정보를 요약하고 시간을 압축하는 '말하기'를 통해 이런 극적인 장면의 기반을 마련하라.

## 세 가지 선택지

간단히 정리하자면 초고에서 독자에게 알려준 모든 정보를 고쳐 쓸 때 다음 세 가지 선택지를 검토하라.

- **보여줄 곳:** 중요한 정보라면 '보여주라'. 인물의 감정에 대한 정보는 '보여주는' 것이 정답이다.
- **말해줄 곳:** 별로 중요하지 않지만 그래도 필요한 정보일 경우 '말해주라'. 예를 들어 독자는 2주가 지났다는 사실을 알 필요가 있지만 2주 동안의 모든 순간을 지켜볼 필요는 없다. 그러므로 '말하기'를 통해 시간을 전환하라.

- **뺄 곳:** 플롯에 별로 중요하지 않은 부분이라면 아예 생략해버릴 수 있는지 검토하라.

## 효과적으로 말하는 법

이 책에서 내내 '말하지 말고 보여주라'고 충고해왔기 때문에 '말하기'가 좋지 않은 글쓰기 방법이라고 생각할지도 모른다. 하지만 이 장에서 설명했듯이 '말하기' 또한 나름의 쓰임을 가지고 있다. 그리고 '말해주는' 문단 또한 독자가 그저 넘겨버리고 싶지 않도록 쓸 수 있다.

여기에서는 좀 더 효과적으로 '말해줄' 수 있는 방법을 소개한다.

- 독자가 정말로 꼭 알아야 하는 정보인지 확인하라.
- 반복을 피하라. 이미 '보여준' 내용은 절대 다시 '말하지' 마라.
- 짧게 줄이라.
- 힘이 강하고 생동감이 넘치는 동사와 구체적인 명사를 사

용하라.

- 재미있게 쓰라! 어떤 문장이나 문단이 독자의 관심을 사로잡는다면 독자는 작가가 '말하고' 있다는 사실조차 눈치 채지 못할 것이다.

내가 쓴 소설 『피해 대책Damage Control』의 한 단락을 예로 소개한다.

닉이 얼굴을 찌푸리자 이마의 흉터가 한층 깊어졌다. 닉은 영화의 스턴트를 찍다가 흉터가 생겼다고 말하고 다녔지만, 실은 욕실에서 넘어지는 바람에 변기에 머리를 부딪쳐 생긴 상처였다.

첫 번째 문장에서는 닉의 감정을 '보여준다'. 두 번째 문장에서는 인물 배경의 일부를 독자에게 밝히고 있다. 원고를 미리 읽어준 시험 독자들은 '말해주고' 있음에도 불구하고 이 부분이 흥미롭게 느껴진다고 말했다.

## 연습 #13

❶ 지금 쓰고 있는 원고 첫 장을 마지막으로 다시 한번 살펴보자. 마음이 내킨다면 앞 5장까지 살펴보아도 좋다. '말하기'가 더 좋은 선택인 곳이 있는가?

❷ 각 장과 장면을 여는 첫 부분을 살펴보자. '말하기'를 사용하여 얼마나 시간이 경과했는지, 새로운 장의 사건이 어디에서 펼쳐질지 정보를 전달할 수 있는가?

❸ '말하기'를 사용하여 지금 막 시작되는 장면의 맥락을 마련할 수 있는가?

❹ 각 장의 시작 부분과 마지막 부분을 살펴보자. '말하기'를 사용하여 서스펜스를 조성할 수 있는가?

❺ '말하기'를 사용하여 정보를 반복해 알려주는 일을 피하거나 중요하지 않은 정보를 요약할 수 있는가?

## 연습 #14

❶ 가장 좋아하는 소설을 한 권 준비하고 형광펜을 몇 자루(빨간색과 파란색) 준비한다. 여러분이 쓰는 소설과 같은 장르의 소설이며, 최근 5년 안에 출간된 책으로 고른다. 나는 고전 문학에 큰 가치를 두고 있지만 과거에 효과가 있었던 집필 기술은 현대 독자에게 더 이상 효과를 발휘하지 못한다.

❷ 소설을 여는 이야기의 시작 장면을 살펴보자. 파란색 형광펜으로는 '보여주기' 부분을 표시하고 빨간색 형광펜으로는 '말하는' 부분을 표시하라. 이야기의 중심이 되는 갈등이 해소되는 절정 장면을 가지고도 같은 작업을 하라. 그리고 두 장면에서 '보여주는' 부분과 '말하는' 부분의 비율을 비교하라. 일반적으로 절정 장면에서는 시작 장면에서보다 '말하는' 부분의 비중이 적어야만 한다. 시작 장면은 이야기를 준비하는 장면인 반면, 절정 장면은 주인공이 이야기의 중심 갈등을 극복하는 모습, 혹은 중대한 깨달음을 얻는 모습, 변화하는 순간의 모습을 '보여주어야' 하는 장면이기 때문이다.

❸ 이제 여러분이 쓰고 있는 소설의 시작 장면과 절정 장면을 가지고도 같은 작업을 해보라. 좋아하는 소설과 어떻게 비교되는가?

## 연습 #15

❶ 여러분의 원고를 적어도 한 명 이상의 시험 독자에게 읽어 달라고 부탁하자. 원고를 읽고 의견과 감상을 밝혀줄 사람이라면 여러분의 열성 독자여도 좋고 동료 작가여도 좋다. 이야기가 지루해지는 부분, 주의가 산만해지는 부분을 전부 표시해달라고 부탁하라.

❷ 시험 독자들이 표시를 해준 부분을 살펴보자. 독자는 여러분이 지나치게 많이 '말해주는' 부분, 혹은 지나치게 많이 '보여주는' 부분을 지루하게 느낄 가능성이 높다. 지나치게 '말해주는' 부분은 '보여주는' 글로 다시 고쳐 쓰라. 지나치게 '보여주는' 부분은 별로 중요하지 않은 세부 사항일 경우 빼버리고, 어느 정도 중요한 세부 사항일 경우 '말하기'로 요약하라.

12장

# 연습

## '보여주기' 기술을 연마하는 법

자, 이제 우리는 어떻게 '말하는' 곳을 찾아내는지, 어떻게 '보여줄' 수 있는지 배웠다. 이제 배운 것들을 연습해보도록 하자.

공책 한 권이든 노트북이든 종이 한 장이든 좋아하는 글쓰기 도구를 준비한다. 여기에서는 '말하기'의 예를 스무 가지 소개한다. 각각의 문장을 읽고 '말하기'를 '보여주기'로 바꿀 수 있도록 문장을 고쳐 써보자.

문장을 다 고쳐 쓴 다음에는 13장에서 내가 제안하는 해답과 비교해보라.

1

**말하기** 그는 추웠다.

**보여주기** ______________________________

2

**말하기** 바깥은 더웠다.

**보여주기** ______________________________

3

**말하기** 그는 피곤해 보였다.

**보여주기** ________________________________

4

**말하기** 그는 비만이었다.

**보여주기** ________________________________

5

**말하기** 그 집은 낡아빠졌다.

**보여주기** ________________________________

6

**말하기** 폭풍이 몰아치는 어두운 밤이었다.

**보여주기** ________________________________

7

**말하기** 그는 어딘가 불편해 보였다.

**보여주기** ________________________________

8

**말하기** 나는 안도했다.

**보여주기** ______________________________

9

**말하기** 그는 어찌할 바를 몰랐다.

**보여주기** ______________________________

10

**말하기** 그가 차를 몰고 가는 길에 비가 내렸다.

**보여주기** ______________________________

11

**말하기** 나는 저녁을 먹었다.

**보여주기** ______________________________

12

**말하기** 피자는 맛있어 보였지만 실제로는 맛이 형편없었다.

**보여주기** ______________________________

13

말하기 나는 이웃이 산 새 차가 부러웠다.

보여주기 ______________________________

14

말하기 그는 두려웠다.

보여주기 ______________________________

15

말하기 그는 궁금했다.

보여주기 ______________________________

16

말하기 티나는 버릇없이 자란 아이였다.

보여주기 ______________________________

17

말하기 오빠가 책을 돌려주지 않겠다고 해서 티나는 화가 났다.

보여주기 ______________________________

18

말하기 짐을 다 싼 후 티나는 만족하며 가방을 들어올렸다.

보여주기 ______________________________

19

말하기 도시 전체의 모습을 내려다보니 마음이 편안해졌다.

보여주기 ______________________________

20

말하기 그 오두막은 낭만적인 곳이었다.

보여주기 ______________________________

# 13장

# 해답

## 연습 문제를 어떻게 고쳐 쓰는가

자리에 앉아 시간을 들여 12장에 나온 연습 문제를 고쳐 썼다면 이제 스무 개의 '보여주는' 문장 혹은 문단을 완성했을 것이다.

그렇다면 여러분의 해답과 여기에서 제시하는 내 해답을 비교해보자. 이런 문제에는 정답이 없다는 사실을 명심하라. 여기에서 내가 제안하는 해답은 오직 '보여주기'가 어떤 효과를 내는지 알려주기 위한 목적으로 쓴 것이다. 작가마다 각기 다르지만 효과는 비슷한 문장을 생각할 수 있을 것이다. 문장을 어떻게 고쳐 쓸 수 있는지 그 가능성에는 끝이 없다.

1

**말하기** 그는 추웠다.

**보여주기** 손가락에 입김을 불어넣는 그의 이가 맞부딪쳤다.

2

**말하기** 바깥은 더웠다.

**보여주기** 인도 위에 아지랑이가 피어올랐다. 그는 땀이 맺힌 이마를 닦고는 보도 옆 썩어가는 쓰레기에서 풍기는 악

취에 구역질을 삼켰다.

3

**말하기** 그는 피곤해 보였다.

**보여주기** 그는 의자에 몸을 묻었다. 눈꺼풀이 처지고 고개가 앞으로 꺾였다.

4

**말하기** 그는 비만이었다.

**보여주기** 그가 의자에서 몸을 일으키는 순간 제이크의 귀에 가구가 한숨을 내쉬는 소리가 들리는 듯했다.

5

**말하기** 그 집은 낡아빠졌다.

**보여주기** 벽은 페인트칠이 다 벗겨져 너덜거렸다. 진입로의 깨진 틈새 사이로 잡초가 무성했고, 티나가 깨진 유리를 밟으며 걸어가는 동안 곰팡이 냄새와 오줌 냄새가 그의 코를 찔렀다.

6

**말하기** 폭풍이 몰아치는 어두운 밤이었다.

**보여주기** 덧문이 바람에 덜컹거렸고 밤하늘에서 빗줄기가 쏟아졌다.

7

**말하기** 그는 어딘가 불편해 보였다.

**보여주기** 그는 의자의 끝자락에 걸터앉은 채 탁자 아래에서 발을 꼼지락거렸다.

8

**말하기** 나는 안도했다.

**보여주기** 긴장했던 어깨에 힘이 풀렸다.

9

**말하기** 그는 어찌할 바를 몰랐다.

**보여주기** 그는 관자놀이를 문질렀다. 이제 어떻게 해야 한단 말인가?

10

**말하기** 그가 차를 몰고 가는 길에 비가 내렸다.

**보여주기** 빗줄기가 혼다의 유리창과 지붕을 두들기는 소리에 엔진 소리가 묻힐 정도였다.

11

**말하기** 나는 저녁을 먹었다.

**보여주기** 나는 육즙이 가득한 스테이크를 잘랐다. 허브와 버터 냄새가 코를 간질였다.

12

**말하기** 피자는 맛있어 보였지만 실제로는 맛이 형편없었다.

**보여주기** 녹은 치즈에서 김이 피어오르는 모습을 보자 입에 침이 고였다. 그는 피자를 한 조각 집어 들고 크게 한 입 베어 물었다. 쓰디쓴 맛이 혀에 퍼져나갔다. 웩. 도대체 누가 그의 피자에 올리브를 넣었을까?

13

**말하기** 나는 이웃이 산 새 차가 부러웠다.

**보여주기** 존이 산 재규어의 반들거리는 보닛 위를 손가락 끝으로 길게 쓸어보았다. 표면이 매끈하고 따스했다. 열쇠로 할퀴고 싶은 마음을 누르며 다른 손으로 내 차 열쇠를 움켜쥐었다. 열쇠의 날카로운 모서리가 손가락을 파고들었다.

14

**말하기** 그는 두려웠다.

**보여주기** 그는 양팔로 자신의 몸을 감싼 다음 땀에 젖은 손바닥을 셔츠 뒤쪽에 문질러 닦았다.

15

**말하기** 그는 궁금했다.

**보여주기** 그는 고개를 갸웃하더니 조르듯이 손을 흔들었다. “아 좀, 말해달라고!”

16

**말하기** 티나는 버릇없이 자란 아이였다.

**보여주기** 티나는 바닥에 나자빠지더니 팔다리를 버둥거렸다. "갖고 싶단 말이야, 갖고 싶다고! 갖고 싶다고!"

17

**말하기** 오빠가 책을 돌려주지 않겠다고 해서 티나는 화가 났다.

**보여주기** 피가 거꾸로 치솟았다. 티나는 턱을 앞으로 내밀었다. "그 빌어먹을 책 돌려주지 않으면 죽을 줄 알아."

18

**말하기** 짐을 다 싼 후 티나는 만족하며 가방을 들어올렸다.

**보여주기** 좋았어, 다 챙겼다. 티나는 가방을 들어올렸다.

19

**말하기** 도시 전체의 모습을 내려다보니 마음이 편안해졌다.

**보여주기** 티나는 난간을 움켜쥐었다. 저 멀리, 시선이 미치는 곳까지 바둑판처럼 이어진 불빛과 조그마한 마천루를 내려다보고 있으려니 그 아래에서 수많은 이들의 삶이 계속되고 있다는 생각이 들었다. 티나의 삶 역시 계속되고 있었다. 목숨이 달린 일처럼 난간을 움켜쥐고 있던 손아귀에서 힘이 풀렸다.

20

**말하기** 그 오두막은 낭만적인 곳이었다.

**보여주기** 장작을 태우는 벽난로의 불길이 타닥거렸다. 대들보가 가로지르는 천장에 난 창을 통해 달빛이 두 사람을 비추었다.

# 결론

## 이제 어떻게 써야 하는가

이 책을 통해 여러분은 어떻게 '말하는' 부분을 찾아내는지, 그 단락을 어떻게 '보여주는' 장면으로 고쳐 쓰는지에 대해 많은 것을 배웠다.

각 장을 읽고 장 말미에 제시된 연습 과제를 완수했다면 이제 '보여주는' 법에 대해 제대로 이해했을 것이다. 더불어 여러분이 쓰는 원고 첫 장을, 독자를 이야기 안으로 사로잡는 방식으로 고쳐 썼을 것이다.

하지만 이것은 단지 시작에 불과하다. 새롭게 습득한 기술은 그게 무엇이든 꾸준히 연습할 필요가 있다. 어떤 좋은 충고도 여러분의 글에 적용하지 않는다면 아무런 소용이 없다. 그러므로 일단 소설 첫 장을 고쳐 쓰는 작업을 완수했다면 이 책에서 다루는 기술들을 이용하여 나머지 부분도 고쳐 쓰라.

이 책을 계속해서 다시 펼쳐 보고 기술을 되새기고 복습하면서 각각의 장면이 만족스럽게 느껴질 때까지 계속해서 고쳐 쓰라.

어쩌면 다른 작가들이 이 기술들을 어떻게 적용하는지 참고하고 싶을지도 모른다. 다른 작가의 책을 읽을 때마다 독자인 여러분을 책으로 끌어당기는 요소가 무엇인지 눈여겨보자. 그렇게 한다면 그 기술을 여러분의 글에 적용할 수 있을 것이다.

시간을 들여 이 책을 읽어준 일에 대해 감사의 마음을 전한다. 부디 도움이 되었기를 바란다. 그리고 혹시 도움이 되었다면 이 책을 구입한 곳에 서평을 남겨주길 부탁한다. 여러분의 서평은 다른 작가들이 '말하지 말고 보여주라'는 이 효과적인 원칙을 이해하고 그들의 글쓰기 기술을 향상시키는 데 도움이 될 것이다.

도움에 감사하다!

## 샌드라 거스Sandra Gerth에 대해서

샌드라 거스는 작가이자 편집자로, 자신의 글을 쓰는 한편 시간을 쪼개어 다른 작가들의 글을 고치고 다듬는 일을 하고 있다.

샌드라는 심리학 학위를 딴 후 8년 동안 심리학자로 일했고, 현재는 전업 소설가다. 그는 소설을 쓰는 일이 세상에서 가장 멋진 일이라고 생각한다.

샌드라는 저먼북트레이드아카데미Academy of German Book Trade에서 편집자 자격증을 받았다. 지금은 여성 작가들의 소설을 출간하는 작은 출판사 일바퍼블리싱Ylva Publishing에서 선임 편집자로 일하고 있다.

필명인 '재Jae'로 14편의 장편소설과 20여 편의 단편소설을 발표했다. 재의 소설은 수없이 많은 상을 수상했으며 아마존에서 여러 차례 베스트셀러 1위에 올랐다.

또한 샌드라는 '내 글이 작품이 되는 법' 시리즈의 저자이기도 하다.

샌드라 거스에 대해 더 알고 싶다면 www.sandragerth.com를 방문하라.

옮긴이 | **지여울**

한양대학교 토목환경공학과를 졸업하고 토목 설계 회사에서 일하다가 번역의 길로 들어섰다. 사람과 자연에 한걸음 다가설 수 있는 책을 발굴하고 번역하기를 꿈꾸며 현재 '펍헙 번역 그룹'에서 활동하고 있다. 옮긴 책으로는 『행복 유전자』, 『열다섯이 여든에게 묻다』, 『가장 오래 살아남은 것들을 향한 탐험』, 『커브볼은 왜 휘어지는가』, 『탐정이 된 과학자들』, 『위대한 몽상가』, 『자살에 대한 오해와 편견』, 『실존주의자로 사는 법』, 『진리의 발견: 앞서나간 자들』, 『이웃집 투자자들』 등이 있다.

**내 글이 작품이 되는 법**

**묘사의 힘**

**말하지 말고 보여주라**

**펴낸날** 초판 1쇄 2021년 9월 13일
초판 8쇄 2024년 4월 22일

**지은이** 샌드라 거스

**옮긴이** 지여울

**펴낸이** 이주애, 홍영완

**편집3팀** 장종철, 유승재, 김애리

**편집** 박효주, 양혜영, 최혜리, 문주영, 오경은, 홍상현, 홍은비

**디자인** 윤신혜, 박아형, 김주연, 기조숙

**마케팅** 박진희, 김태윤, 김미소, 김슬기

**해외기획** 정미현

**경영지원** 박소현

**펴낸곳** (주)윌북 **출판등록** 제2006-000017호

**주소** 10881 경기도 파주시 광인사길 217

**전화** 031-955-3777 **팩스** 031-955-3778

**홈페이지** willbookspub.com

**블로그** blog.naver.com/willbooks **포스트** post.naver.com/willbooks

**트위터** @onwillbooks **인스타그램** @willbooks_pub

**ISBN** 979-11-5581-402-4 03800

· 책값은 뒤표지에 있습니다.

· 잘못 만들어진 책은 구입하신 서점에서 바꿔드립니다.